酉阳杂俎

中国奇谭

手绘图鉴

韩元/编著　　畅小米/绘

万卷出版有限责任公司
VOLUMES PUBLISHING COMPANY

图书在版编目（CIP）数据

酉阳杂俎 / 韩元编著；畅小米绘. -- 沈阳：万卷
出版有限责任公司，2025.2. -- ISBN 978-7-5470-6658-
4

Ⅰ．I242.1

中国国家版本馆CIP数据核字第2024J5A778号

出 品 人：王维良
出版发行：万卷出版有限责任公司
　　　　　（地址：沈阳市和平区十一纬路29号　邮编：110003）
印 刷 者：辽宁新华印务有限公司
经 销 者：全国新华书店
幅面尺寸：145mm×210mm
字　　数：180千字
印　　张：7.5
出版时间：2025年2月第1版
印刷时间：2025年2月第1次印刷
责任编辑：张洋洋
责任校对：张　莹
版式设计：姿　兰
ISBN 978-7-5470-6658-4
定　　价：68.00元
联系电话：024-23284090
传　　真：024-23284448

前　言

　　段成式（约803—863）的《酉阳杂俎》是唐代著名的笔记小说，在各种版本的《中国文学史》中一般会有所提及。《酉阳杂俎》这个书名是什么意思呢？《太平御览》卷四十九引盛弘之《荆州记》曰："小酉山上石穴中有书千卷，相传秦人于此而学，因留之。故梁湘东王云'访酉阳之逸典'，是也。"可见这本书记载的偏好以稀见的内容为主，因为"逸典"本来就不是常见的。"俎"是古代祭祀或宴会时陈列贡品、菜品的礼器，也就是"俎豆"的"俎"。"杂俎"就是杂乱地陈列，是说"我的这本书内容比较杂乱，排列不太整齐"。书名的四个字中，前两个字略显骄傲，后两个字又带着谦虚。

　　首先，要想较为完整地理解这本书的内容和性质，不妨从书名入手。"酉阳"当然是指记载的"逸典"，因此书中有大量的关于天上人间、神仙鬼怪、道士僧人、花妖狐魅之类的记载，但也记载了一些包括作者在内的当时人们对现实世界的观察和想象，很多内容放在今天也并不过时。比如"前集"卷十六至卷十九，"续集"卷八至卷十，记载的都是"广动植"，其实就是孔子说的"鸟兽草木之名"。从这个角度来讲，它的性质与《尔雅》相仿，只不过有些记载多了一些虚构的或是无法验证的成分而已。比如"前集"卷十七记载，作者每次搬家之后都会在院子里观察各种类型的蚂蚁，并详细记录蚂蚁族群内部的分工协作。再比如同卷记载的"千人捏""乌贼"，"续集"卷八记载的"寄居蟹"，以及卷十六"广动植"总叙中提及的"蜩三十日而死""武阳小鱼，一斤千头""江南无狼、马""科斗尾脱则足生"等，这些记载都可以看作当时生动有趣的生活史料。我们在欣赏世界名著《昆虫记》，在赞美达尔文从小喜爱观察自然的时候，其实也可以看一看我们的先人对这个世界的观察和认识，同样丰富多彩且充满想象。

其次，书名的"杂俎"确实也是名副其实。原书的目录看似整齐，其实每一卷的条目，以及每个条目的字数都是长短不齐的。虽然《酉阳杂俎》是本笔记小说，但它也同时具备传奇体的特征，比如书中记载的崔玄微、长须国等，情节完整，文字优美，且篇幅较长，将其视为唐传奇也并无不妥，而"广动植"等，很多记载都很简短，有些甚至只有一句话。除目录之外，该书的内容也相当庞杂，书中除了记载鬼神、动植物之外，还有诸如"贬误"之类的读书笔记，这与后代的诗话又有了几分相似。总而言之，该书只能说有大体的分类，但是其中很多细节不太规整。也正是由于这个原因，本书在编译之时为了方便阅读，对原书中的条目进行了重新编排，大致分为神仙异人、君臣奇谭、诡习怪术、僧道寺观、草木虫鱼、杂录丛抄六个部分。

《酉阳杂俎》除了内容奇特之外，在文学性上也可圈可点，同时也具有一定的社会认识价值。比如"前集"卷九

"相传黎幹为京兆尹"一条，故事中老人舞动七把宝剑，来去如飞，最后将宝剑掷于地上，排列成北斗七星的形状。这个奇特的场景就被诗人陆游写入诗中。陆游《赠宋道人》曰："鸟道悬崖忽飞骞，戏掷短剑声铿然。"这一方面说明陆游腹笥之博，另一方面也说明这个故事很精彩，给陆游留下了深刻印象。《酉阳杂俎》对我们认识唐代社会风貌也有一定的价值，比如"前集"卷八的"黥"类。黥，除了表示在犯人脸上刻字并涂上墨之外，还有文身、刺青的意思。虽然《庄子·逍遥游》中早已提及"越人断发文身"，但"文身"具体是什么样子，读者还是不清楚。《酉阳杂俎》就满足了我们的好奇心。比如卷八记载，长安城的街市上有个恶少在左边的胳膊上文着"生不怕京兆尹"，右边胳膊上文着"死不畏阎罗王"，这是典型的不良青年。但这个恶少很倒霉，因为新的京兆尹刚上台，第一把火就烧在了长安城的治安方面，这个文身的恶少被"杖杀"了。该卷还记载了一个叫葛清的人，他特别崇拜白居易，于是将他喜欢的白诗以及与白诗相关的诗都文在了身上，以致体无完肤，即便是后背上文的白诗，他也能准确地向友人指示，就算是今天的铁杆粉丝也不过如此了。这当然说明白居易在唐代很受欢迎，但也可以看出，在唐代时文身还是很流行的。

最后，由于作者与整体时代等因素的制约，《酉阳杂俎》中有较为明显的对释、道鼓吹的现象，虽然这些在古代小说中十分常见，但反映在该书中，诸如"壶史""贝编""寺塔记""《金刚经》鸠异"等，数量还是较多，如果全部删去就会丧失作者的本意，也会影响本书在条目上的平衡，因此本书选择了一些具有积极价值引导和较有文学性的故事。

按照"中国奇谭"系列图书体例，本书只展示翻译后的文字，不提供《酉阳杂俎》的原文。题目及下面的简介，也是为了方便阅读而增设的。鉴于水平有限以及文字通俗性的要求，书中的错误和不足在所难免，希望广大读者不吝指教、包容理解。

韩　元

二〇二四年四月

于海陵常见书斋

目 录

卷六　杂录丛抄

卷一

神仙异人

裴 氏

同州有位司马名叫裴沆，他曾经说他的远房伯父裴氏从洛阳出发，要到郑州去，在路上走了好几天。有一天傍晚，裴氏偶然在路边下马，听到道路旁边有人在呻吟，于是裴氏循着声音拨开蒿草丛寻找。他在一片荆棘下面发现一只病了的鹤，它的翅膀垂了下来，上面长有肿疮，疮的周围都没有了羽毛，裴氏觉得这只鹤的叫声很怪异。此时，忽然有一位穿着白色衣服、拄着拐杖的老人走过来对他说："郎君啊，你这么年轻，难道已经懂得哀怜这只鹤了吗？如果能够得到一个人的血，将血涂在这只鹤受伤的翅膀上，它就能飞起来了。"裴氏颇懂得一些道术，性情又非常高逸，于是立即说道："我请求您刺破我的手臂，这样得到一点血并不难。"老人说："你求仙问道的心非常虔诚坚固，但我需要符合条件的人的血才行，这个人必须三世都是人类，只有洛阳的胡芦生，他三世都是人类。郎君您这次外出，如果没有什么紧要的事儿，能到洛阳去拜访胡芦生吗？"

裴氏欣然受命，马上启程返回洛阳。还不到两个夜晚，裴氏就到了洛阳，于是他前往拜访胡芦生，将前后经历的事详细地说了一遍，并且请求胡芦生帮忙。胡芦生一点都没有为难的表情，于是裴氏从行囊里拿出一个石头做的小盒子，有两根手指那么大。胡芦生拿出针，刺在自己的手臂上，鲜血滴下来，

装满了小盒子。胡芦生将盒子交给裴氏，并说道："不用多说什么了。"

等裴氏来到鹤的旁边，老人已经到了，老人高兴地说："你果然是个讲信用的人。"于是让裴氏把鲜血全部涂在鹤的翅膀上，并说因为此事和裴氏结了善缘。老人又邀请裴氏，说道："我住的地方离这里不远，你可以稍稍在此停留。"裴氏觉得老人不像是普通人，就用"丈人"来称呼老人，于是他跟在老人身后走着。

二人才走了几里路，就来到一个村庄，眼前是竹篱草舍，庭院一片狼藉。裴氏感到口渴，请求喝点茶水。老人指着一处土龛，说："这里面有些许的浆水，你可以尝尝。"裴氏到土龛中一看，只见有一枚杏核，一半的杏核像斗笠那么大，里面装满了白色的浆液。裴氏将杏核用力举起，把浆液喝了下去，就不再口渴了。浆液的味道和杏酪差不多。裴氏这才知道老人是个隐士，于是向老人揖拜，并请求做老人的奴仆。老人说："你在人世间有小小的功名利禄，纵然你有志于求仙得道，但这个志向也不会持续一生。你的叔叔真的是学仙而有所得，我和他一同游历了很久，只是你不知道罢了。我现在有一封信要靠你传达。"老人将一件东西包裹起来，有喝汤的碗那么大，并告诫裴氏不要私自打

开。老人又引裴氏来到鹤的旁边，鹤翅膀上受损的地方已经长出了羽毛。老人又对裴氏说："你刚才喝了杏浆，就会长寿，你的九族亲人的丧礼你都会去参加，但你要以酒色为戒。"裴氏返回洛阳的时候，走到半路，因为不知道捎的信究竟是什么，心中一阵苦闷。他正准备将信件打开的时候，发现包裹的四个边角各有一颗红色的蛇头钻了出来，裴氏便立刻停止了这一行为。裴氏的叔叔得到信件后，打开一看，里面装着一升多的干燥的大麦饭。裴氏的叔叔后来去了王屋山游玩，不知所终。裴氏也活到了九十七岁。

田 宣

通往仙界的大石头

　　高唐县的鸣石山，山岩高达百余仞，人们用物体敲击岩石，就会发出非常清脆的声音。晋代太康年间，有一位性情飘逸的人士叫田宣，他隐居在山岩之下。每当月色如霜，微风吹过树叶的时候，田宣就会抚摸着岩石自娱自乐。此时田宣总会看到一个人穿着白色的单衣在岩石下面徘徊，这人直到天亮才肯离开。之后，田宣让人在前面敲击岩石，自己在岩石上偷偷地观察。过了一会儿，白衣人果然来了，田宣赶忙拉着他的衣服询问。白衣人说自己姓王，字中伦，是卫国人，在周宣王的时候到少室山里学习仙道，自此以后就频繁地到方壶仙界去，来往的途中要路过此地。他因为喜爱这里岩石的响声，所以就留下来聆听。

　　田宣向王氏请求学习养生，王氏只留给他一块像鸟蛋的石头，然后就走了。刚开始的时候，田宣还能看见王氏凌空而起，飞行了一百多步，后来王氏就渐渐地被烟雾遮蔽了。田宣得到石头以后，将其含在嘴里，一百天都不会饥饿。

蓬 球

偶然造访玉女山

　　贝丘的西边有座玉女山。传说晋代的泰始年间，北海有个叫蓬球的人，字伯坚，他到山里面伐木，忽然闻到一阵异香，于是顺着香风一路寻去。他来到玉女山之后，发现了宽阔高大的宫殿耸立在山间，楼台宽敞明亮。

蓬球进入宫殿大门之后偷偷地观察，发现了五棵玉树，再稍稍往前走，看到有四个妇人端庄绝妙，世间少有，她们自己在堂上玩着弹棋的游戏。其中一个年纪小的女子到楼上弹琴去了，想唤她下来玩游戏的人说道："元晖，你为什么一个人到楼上去呢？"蓬球在树下站着，感到有一点点饥饿，于是用舌头舔了舔树叶上的露水。

　　过了一会儿，有一个女子乘着仙鹤来到这里，生气地问道："玉华，你们这里为什么会有俗人在？王母马上就命令王方平前来巡视仙人的居室了。"蓬球很害怕，就出了门，等他回头时，宫殿忽然就不见了。他回到家的时候，发现已经是建平年间了，他之前住的屋舍都已经变成了一片废墟和坟墓。

孙思邈

从老龙那里得到药方

孙思邈曾经隐居在终南山，与宣律和尚有交往，二人经常在一起讨论佛经的宗旨。当时天下大旱，西域的胡僧请求在昆明池筑起神坛来求雨，朝廷下诏命令官员准备好香灯。总共过了七天，昆明池的水位下降了好几尺。忽然有一位老人在夜里拜访宣律和尚，向他求救。老人说道："弟子我是昆明池的龙，很久没下雨，这不是我的原因，胡僧只是想得到我的脑子，用来做药材，所以他才欺骗天子，说自己是在求雨。我已经命在旦夕，请求和尚您用法力保护我。"宣律和尚说："贫僧只不过是吃斋守律罢了，你可以向孙先生求救。"老人于是来到孙思邈住的石室里求救。孙思邈说："我知道昆明池的龙宫里有三十副仙人的药方，你把这些药方传给我，我就会救你。"老人说："这些药方天帝不允许随便传给别人，如今事态危急，我也就不再吝惜了。"过了

一会儿，老人将药方带了过来。孙思邈说："你就直接回去吧，不要再因为这个胡僧而忧虑了。"在此之后，昆明池的池水忽然上涨，过了几天便溢出湖岸，胡僧见此，便羞愧而死。孙思邈又写了三十卷的《千金方》，每一卷都增了一副药方，当时人们都不知道这件事，到孙思邈去世后，才有人偶然见到。

权同休

惩罚犯错的仙人做奴仆

　　我的朋友权同休，是一个秀才，他在元和年间科举落第，于是到苏州、湖州一带旅游。后来，他在路途中生病了，生活非常窘迫。他身边的仆人就是本村的农夫，已经被他雇佣一年了。有一次，他在生病的时候想要喝口甘豆汤，让仆人去买做汤用的石臼和甘草，但这个仆人久久不肯去买，只是在准备木柴来烧开水，秀才还以为是仆人倦怠了不肯去处理。之后秀才看到这个仆人折了满满一把树枝，又在手上反复揉搓，刚靠近火堆的时候，这些树枝就变成了甘草。秀才感到非常奇怪，认为这个仆人必定懂得一些法术。过了很久，这个仆人又找来一些粗糙的沙子，这些沙子在他手中被揉搓一番之后就变成了豆子。等汤做好了之后，秀才发现和甘豆汤没什么区别，自己的病也慢慢地好了起来。

　　秀才对仆人说："我是如此贫穷窘迫，简直寸步难行。"于是将自己的脏衣服扯下来，递到仆人手中，并且说道："你可以把这个卖掉，买一点点酒肉，我想和村里的老人们聚一聚，顺便向他们借一点路费。"仆人微笑着说："这个本来就不够，但我还是来操办一下吧。"于是仆人砍了一棵枯死的桑树，将桑树枝削成几筐小木片，又把这些木片堆在盘子里，然后朝盘子喷了一口水，木片就全部变成了牛肉。仆人又打了几瓶水，很快水又变成

了美酒。村里的老人都喝醉了，也吃饱了，权同休获得了三千匹精细的绢帛。秀才感到很惭愧，对仆人表示歉意，说道："是我太骄傲、太幼稚了，是我肉眼不识仙道，如今我请求反过来，让我做您的仆人。"仆人说："我确实不是常人，因为我犯下了小小的过错，被贬谪去做下贱的事情，就应该为秀才您服杂役。如果服役的期限不够，我还必须去服役于别人。请秀才您不要一改常态，这样我才能够完成我的事。"然后仆人又向秀才讲解了世间年寿长短和仕途穷达的天命之数，而且说世间万物没有不可以变化的，只有淤泥中的红漆筷子和头发，是药物所不能改变的。说完后，仆人就不知去了哪里。

卢山人

未卜先知的道术

宝历年间，荆州有位卢山人，他经常往来于白洑南边的集市并贩卖船桨材料和石灰。他时不时会显露自己奇异的行迹，人们觉得他深不可测。有个生意人叫赵元卿，他是个好事者，想要和卢山人一起游历，于是他频繁地购买卢山人卖的东西，并摆下茶水果品，假装想从卢山人那里获得盈利的方法。卢山人有所察觉后，直接对赵元卿说："我看你的本意，好像并不在于盈利之事，你意在何为啊？"赵元卿于是说："我私下里知道您隐姓埋名，但洞察力却超过了道人的占卜，希望您能对我说些什么。"卢山人笑着说："如今就要应验了。你家主人在午时会有非常之灾，如果你相信我的话，就可以免除灾祸。你可以去告诉你家主人：将近午时的时候，会有一个卖饼的人背着布囊来到门前，他的布囊中有两千多个铜钱，他一定不是有意冒犯。你可以把门关上，还要告诫你的妻子、奴仆不要轻率地应对。到了中午，这个人一定会极力地大骂，你们全家必须去水边躲避。如果这样的话，只不过损失三千四百文钱罢了。"

当时赵元卿住在一户姓张的人家中，他随即赶忙告诉了张氏。张氏平时也认为卢山人的话很灵验，于是就将门关上等待卖饼人的到来。到了快中午的时候，果然来了一个像卢生所说的人，此人前来敲门想买点米，结果因为没有人答应，他就很生气，用脚去踢张氏的大门，张氏用两根竹子把门抵住了。一会儿工夫，门前就聚集了好几百人。张氏于是率领家人从偏门出去躲避。过了中午，这个人才离开，走了几百步之后就倒在地上死掉了。这个人的妻子找上门，众人都把刚发生的事情告诉了她。这个人的妻子非常悲痛，就来到了张氏门前，诬告她丈夫的死与张氏有关联。县官也无法判定情况，这时众人讲述了张氏关上门躲避的事。其中有一个认识张氏的人说："你本来就没罪，你把这个人的丧事办一下吧。"张氏也就愉快地答应了，这个人的妻子也对此表示满意。张氏买完丧葬用品之后，恰好花掉了三千四百文钱。因为这件事，人们都到卢山人的家里拜访，弄得门庭若市。卢山人不耐烦这些，就偷偷地逃跑了。

卢山人来到了复州地界，把船停泊在陆奇秀才的庄前。有人对陆秀才说："卢山人，他不是常人啊。"陆秀才于是前去拜谒。陆秀才当时准备到京城去投靠朋友，就请卢山人为他决断。卢山人说："你今年不可以随意走动，否则旦夕之间你就会有灾祸。你所居住的堂屋后面埋着一罐钱，钱被木板盖住了，这钱不是你的。钱的主人现在只有三岁，你千万不要花他哪怕一文钱，花了之后你一定会有灾祸，你能听从我的告诫吗？"陆秀才惊恐地表示感谢。卢山人走了之后，连船后的水波都还没有平定，陆秀才就笑着对妻子说："卢生的话如果是真的，那我还奢求什么呢？"于是就命令家里的童仆用铁锹挖地，还没挖几尺，就遇到了木板，将木板移开后，发现一个巨大的瓮，里面装满了散落的钱。陆秀才非常高兴，他的妻子用裙子运来草绳将钱穿起来，发现这些钱都快有一万文了，此时他们的儿女突然头痛难忍。陆秀才说："这难道是卢生的话应验了吗？"于是快马加鞭前去追赶，并

且表达歉意，说自己违背了告诫。卢山人生气地说："你用了这钱一定会祸害你的骨肉，是骨肉重要还是利益重要，你自己掂量掂量。"然后他划着小船，头也不回地走了。陆秀才赶紧回到家，祷告了一番之后又把钱埋了回去，他儿女的病也突然好了。

　　卢山人到了复州，又经常和几个人一起闲行漫步。有一次，他在路上遇到六七个人，这些人盛装出行，鼻中散发着酒气。卢山人突然呵斥他们："你们这些人为非作歹，很快就要没命了。"这些人全都在满是灰尘的路上跪拜，说道："我们不敢了，不敢了。"同行的人都很惊讶。卢山人说："这些全都是在江中打劫的盗贼。"卢山人的奇异之处往往就像这样。赵元卿曾经说，卢山人的形态、外貌并不确定，有时年老，有时年少，也看不到他吃任何食物。卢山人曾对赵生说："世间的刺客，有不少是会隐形的。一个道人学会了隐形术，如果他不去尝试，二十年之后就可以改变自己的形貌，这叫'脱离'。再过二十年，他的名字就可以列入地仙中了。"卢山人又说："刺客死了以后，他的尸体也是看不到的。"他的这些言论都很奇怪，大概属于神仙这一类人了。

唐山人

天机不可泄露

元和年间，在江淮地区有一位唐山人。他对史书传记有所涉猎，也喜欢道家法术，经常到名山游玩。他自称善于缩锡，所以向他学习的人有很多。后来，他在楚州的客舍中遇到一位卢生，他们二人意气相投。卢生也谈到了炼丹术之类，并声称自己是唐山人的外家，于是就称呼唐山人为舅舅。唐山人也舍不得与卢生分别，就邀请卢生一同到南岳衡山游玩。卢生也说自己的亲戚朋友在阳羡，准备前去拜访，但如今贪恋与舅舅一起赴一次山林之约。

二人中途来到一处寺院，夜半相谈甚欢之时，卢生说："舅舅，您既然善于缩锡，能否大概跟我讲讲？"唐山人笑着说："我几十年不辞劳苦地跟老师学习，才学到了这点法术，怎么可以轻易告诉别人呢？"卢生不断地向唐山人祈求，唐山人推辞说："肯定会传授给你的，等到达南岳的时候再传给你吧。"卢生板起脸，说："舅舅，您今晚必须传给我，不要再浪费时间了。"唐山人责备道："我与你的关系，简直是风马牛不相及，没想到突然间与你相遇，本来以为你是个君子才仰慕于你，没想到你连个仆人都不如！"卢生挥动着手臂，睁大了眼睛，斜视了唐山人很久，说道："我是个刺客！舅舅啊，如果您真的没有选择的话，我就让您死在这里。"于是卢生从怀中摸出一个布囊，把匕首拿了出来，匕首的刀刃就像弯弯的月亮。卢生将炉火前的熨斗拿过来，这把匕首削熨斗就像削木片一样简单。唐山人非常害怕，就将缩锡术全部讲了出来。

卢生于是笑着对唐山人说："我差点错杀了你啊，舅舅。"卢生将缩锡术学到五六成的时候，才向唐山人解释道："我的老师是个神仙，他让我们十个人去搜索天下随便传授黄白道术的人，然后将他们杀掉。至于添金、缩锡这些法术，随便传授的人也要死。我是很早就学会了神仙飞行术的那批人中的一个。"卢生说完后向唐山人拜了拜，忽然就不知去了哪里。从此，唐山人在遇见道教信徒之后，就将此事讲出来告诫他们。

韦行规

深藏不露的老人

韦行规说他年少的时候曾去京城西边游玩，晚上来到一家客店，但还是想继续往前赶路。客店前有位老人正在做事情，说道："客人，你不要在夜晚行走，这一带有很多强盗。"韦生说："我射箭的技术很好，不用担心的。"于是韦生又出发了。走了几十里之后，天已经黑了，有人从草丛中走出来尾随他，韦生呵斥了此人，但此人没有回应。于是韦生朝此人连续射了几箭，虽然都射中了，但此人也不后退。韦生的箭射完了，他感到很害怕，就快马加鞭地逃跑了。

过了一会儿，忽然风雨大作。韦生下了马，爬到一棵树上，看到天空中闪着电光，电光相互追逐，就像一个个打球的棍棒。电光渐渐逼近树梢，韦生觉得有东西纷纷掉在了自己的面前，仔细一看，都是小木片。片刻工夫，小木片就堆积起来，快要堆到膝盖了。韦生既吃惊又害怕，把自己的弓和箭都扔了，仰天哭泣，乞求活命。韦生朝天空拜了几十下，电光才逐渐地变高，最终消失，风雷也都停止了。韦生回头看了一眼大树，发现树干都已经光秃秃的了，自己的马和鞍驮等也已丢失，他只好回到之前的客店。此时老人正在箍桶，韦生觉得他不是普通人，于是向老人行揖拜之礼，并且为自己的错误表示歉意。老人笑着说："客人，你可不要依赖自己的弓箭，要知道剑术的厉害。"于是老人引着韦生到后院去，指着鞍驮说："我故意将它们拿来，是想试一试你的本领。"老人又拿出一块木桶的板子，韦生昨晚射的箭都扎在上面。韦生请求做老人的奴仆，为他打水烧水，老人没有允许。之后，老人稍微显露出他的剑术，韦生也学习了十之一二。

黎 幹

老人舞动七把剑

　　相传黎幹在做京兆尹的时候，在曲江举行祈雨仪式，前来观看的有好几千人。在黎幹行进的路上，只有一位老人拄着拐杖不肯回避。黎幹很生气，让手下用棍子在老人的背上打了二十下，结果却像打在皮革上一样，之后老人头也不回地离开了。黎幹怀疑老人不是普通人，就让坊市的士兵前去寻访。老人来到了兰陵坊，进入一扇小门中，大声说道："我今天受了很大的屈辱，准备好热水。"坊市的士兵赶紧回去将情况告诉了黎幹。黎幹非常害怕，于是穿着破烂的衣服，将官服抱在怀里，和这个士兵一同去了老人的住处。

　　当时天已经黑了，士兵直接进门，向老人通报了黎幹的官职品级，黎幹赶紧跑到老人跟前，朝老人揖拜后趴在地上说："我刚才没有看清您的身份，真是罪该万死。"老人吃了一惊，起身后说："是谁把你引来的？"然后将黎幹拉到台阶上。黎幹于是就知道了，老人是讲道理的，他就慢慢地说道："我做了京兆尹这个官，如果威严略有损失，我在处理政务时就会失去效率。老人

您隐姓埋名，混同世俗，如果人们不具备一双慧眼的话，就不能发现您。如果您通过这种方式来怪罪于我，这就像钓鱼一样，是在等着人上钩啊，这就不是侠义之士的心肠了。"老人笑着说："这是我的过错啊。"于是将酒食摆上，两人席地而坐，又将那个士兵喊过来一同坐下。

到深夜的时候，老人又谈及养生之术，语言简约但道理却很清楚，黎幹对老人的态度变得既恭敬又害怕。老人又说："老夫有一样技巧，请求为京兆尹您演示一番。"说完，老人就到屋里去了。过了好一会儿，老人穿着紫色的衣服，手里拿着长短不齐的七把剑出来了，他在庭院中舞起剑来。这七把剑依次飞到空中，寒光闪闪，如同雷电。剑在空中飞舞盘旋，有时排成一列，有时组成一个圆，就像有圆规直尺在约束它们一样。其中有把两尺多长的短剑，时不时地碰到黎幹的衣袖。黎幹向老人叩头，大腿也在发抖。过了一顿饭的工夫，老人将剑直挺挺地扔到地上，七把剑排成了北斗七星的形状。老人回过头来对黎幹说："刚才我是想试试您的胆气。"黎幹向老人揖拜，说道："从此以后，我这条命就是丈人您赐予的啊，请留下我在您的身边服役。"老人

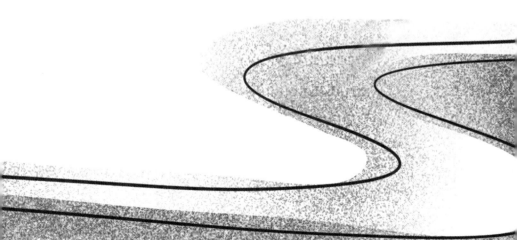

说："你的骨相之中没有道气，是不可以立即传授的，以后有机会我们再说吧。"老人朝黎幹拜了一拜，就转身回屋了。黎幹回去以后，脸色就像生病了一样，在照镜子的时候才发现自己的胡须被剃掉了一寸有余。第二天，黎幹再去拜访的时候，老人的房子里已是空空如也。

辛 秘

不能轻视小乞丐

　　辛秘参加科目为五经的科举考试之后，考中了进士，准备去常州结婚。走到陕地的时候，辛秘坐在树荫下休息，旁边有一个小乞丐张开双腿也坐在树下，小乞丐的脸上有疤，衣服上还有虮虱。小乞丐询问辛秘的行踪，辛秘很不耐烦，就起身离开了，小乞丐也跟在后面。辛秘骑的马不是很好，不能与小乞丐拉开距离，小乞丐在后面说个不停。二人向前走着走着，碰到一个穿绿色衣服的人，辛秘向其揖拜并与之交谈，小乞丐也在后面应和着。走了一里多路，绿衣人忽然快马加鞭地离开了，辛秘很奇怪，自言自语地说："这个人怎么突然这样呢？"小乞丐说："他的时辰到了，又怎能自由支配呢？"辛秘觉得小乞丐的话有些怪异，这才问道："你说的时辰到了，是什么意思？"小乞丐说："过一会儿，你自己就知道了。"快要到客店的时候，辛秘发现店门口围着几十个人，一问才知道，那个穿绿色衣服的人死在了店里。辛秘感到非常惊奇，立刻向小乞丐摆出一副谦卑的姿态，把自己的衣服脱下来给小乞丐穿上，又把自己的马让给小乞丐骑乘。小乞丐一点也没有表示感谢的意思，言谈之间往往存有精义。

　　到了汴京之后，小乞丐对辛秘说："我要停留在这里了，你到常州去干什么呀？"辛秘说自己是去赴一场婚约，小乞丐笑着说："你是读书人，事业不能停止在这里。她不是你的妻子，你结婚的日期离现在还很远。"过了一天，小乞丐扛着一坛酒来和辛秘道别，并指着大相国寺说："到中午时，寺庙会失火，等到这个时候我们就分别吧。"到了时间点，寺庙果然无缘无故地失了火，大火烧坏了相轮。辛秘临走的时候，小乞丐又送给他一块绫罗手帕，上面有一个结。小乞丐对辛秘说："以后，如果你心里有疑问，就把手帕打开看一看。"

过了二十多年，辛秘当上了渭南县尉，才和裴氏结婚。到他妻子生日那一天，辛秘和亲人宾客聚会时，忽然回忆起小乞丐说的话，于是将手帕上的结解开，发现里面包着一块和手板差不多大的木片，上面写道："辛秘的妻子，是河东裴氏，生日为某月某日。"上面写的生日就是当天。辛秘计算和小乞丐相别之年，那时他的妻子尚未出生。这个小乞丐难道是蓬莱、瀛洲的仙人被贬谪到了人间吗？

李固言

有了法术也不能乱用

宰相李固言曾经说，元和六年（811年），他科考落第，到蜀地游玩，遇到一个老婆婆。老婆婆说："你明年会在芙蓉镜之下进士及第，再过二十四年会做到宰相，到时你会来蜀地镇守。我到那个时候就见不到你出将入相的荣耀了，希望你到时能照顾我的小女儿。"到了第二年，李固言果然状元及第，所考诗赋的题目正是"人镜芙蓉"。之后过了二十年，李固言受到朝廷重用后，老婆婆前来拜谒。李固言忘记了之前发生的事，老婆婆派人通报说："我是蜀地的百姓，曾经嘱托过你照顾我的小女儿。"李固言突然想起了之前的事，于是穿着官服前来道谢，并将老婆婆请到堂屋中会见了自己的妻子儿女。双方坐下来之后，老婆婆说："你肯定会出将入相的。"李固言为老婆婆摆下丰盛的酒筵，老婆婆没有吃，只是喝了几杯酒而已，然后就告辞了，李固言无法挽留。老婆婆只是说："请求你庇护我的女儿。"李固言赠送了各种礼物，老婆婆都没有接受，只拿了李固言妻子的一把梳子而已，并请李固言在梳子上题了一些字。李固言将老婆婆送到门口时，老婆婆就不见了。

到了李固言镇守蜀地的时候，他的外孙卢氏到了九岁还不会说话，忽然有一天在玩弄笔砚，李固言开玩笑地和他说："你总是不说话，要笔砚有什么用呢？"卢氏忽然说："你只要庇护成都老婆婆的小女儿就行了，为什么还要担忧笔砚没有用呢?"李固言吃了一惊，随即明白了，于是立刻派遣使者去拜访众多的女巫。女巫中有一位姓董的，侍奉金天神，她就是老婆婆的小女儿，声称能让李固言的外孙说话。董氏请求祭祀华山的三郎神，李固言按她的要求做了。到了第二天早上，外孙突然就能说话了。

因为这件事，蜀地人敬奉董氏就像敬奉天神一样，人们的祈求没有不灵验的，董氏的家里也积累了几百斤的黄金，并且依靠权贵而肆无忌惮，人们都是敢怒不敢言。一直到宰相崔郸来镇守蜀地时，才毁掉董氏的庙宇，将庙中的泥像扔到了江里，又判决这位侍奉金天神的董氏接受杖背的刑罚，并将她驱逐出蜀地。董氏如今在贝州，李固言的女婿卢生让她住在自己的家里，但她的法术已经不再灵验了。

崔玄微

保护众多花仙子

天宝年间，处士崔玄微在洛阳的东边有座宅院，他很喜欢道术，服食道家药物以及茯苓有三十年了。因为药吃完了，所以他带着童仆到嵩山之中采摘灵芝，等到过了一年回来时，宅院中已经没有人了，只有满地的蓬蒿。当时正是晚春，一天夜里，风清月朗，崔玄微没有睡觉，一个人待在院子里，家人没事儿也不到他住的院子来。三更之后，有位青衣人说："你在院子里啊，我现在和一两个女伴，要到上东门表姨那儿去，想在你这里暂时歇一歇，可以吗？"崔玄微允许了。

过了一会儿，来了十几个人，青衣人领着这些人进入了院子里。有一个穿绿衣服的人上前说道："我姓杨。"又指着另外一个人说道："她姓李。"另外一个人说："我姓陶。"此人又指着一位穿红衣服的人说道："她姓石，名叫阿措。"她们各自都有侍女服侍。崔玄微和她们相见之后，坐在月光之下，询问她们外出的缘由，众人回答道："我们要到封十八姨那里去，她几天前说来看我们，但她没有来，今天晚上我们一块儿去看望她。"众人刚坐下，门外就有人禀报说封十八姨来了，众人都很惊喜，赶忙外出迎接。杨氏说："这座宅院的主人非常贤能，我们只有在这里才比较从容，其他地方也没有比这里更好的了。"

崔玄微又到外面见了封氏，感觉封氏言辞清越，有林下之风，于是向其揖拜并邀其入座。众女子都是容华绝代，满座芬芳，香气袭人。崔玄微摆上酒肴，众女子各自唱了一首歌曲来祝酒，崔玄微记下了其中的一两首。席间有红衣人和白衣人祝酒，唱道："皎洁的容颜，胜过了皑皑白雪；更何况青春年华，面对着如此明月。沉吟不语，不敢去埋怨春风；自我叹息啊，容华暗自消歇。"又有一位白衣人祝酒，唱道："盈盈的露珠，沾满了红色的衣服和佩巾；染红的胭脂，淡淡又轻轻。留不住红颜，只能叹息怨恨；不要埋怨春风，它哪里知道薄情。"到封十八姨拿起酒杯祝酒的时候，她的神情颇为轻佻，还将酒杯弄翻了，玷污了阿措的衣服。阿措板起面孔说："她们都有求于你，我可不怕，我也不会侍奉你。"说完，拂衣而起。封十八姨说："小女儿借着酒劲，在耍脾气啊。"于是众人起身到门外送别，封十八姨朝南走了，众人向西进入花苑之中告别。崔玄微也没有感觉有什么奇怪的。

到了第二天晚上，众女子又来了，想前往封十八姨的住处。阿措生气地说："为什么还要去封十八姨家里呢，我们有事就去求一下崔处士，不知这样行不行？"众女子都说："可以。"阿措走上前，说道："我们这些女伴都住在您的花苑中，每一年都会有恶风前来破坏，我们住不安稳，经常请求封十八姨庇护。昨天我不能温颜顺从，封十八姨应该不会帮我们了。处士您如果觉得庇护我们，不至于让您感到很为难的话，我们也会有轻微的报答。"崔玄微说："我怎么做才能够帮到你们呢？"阿措说："我们只求处士您每年春日这一天，制作一个红色的花幡，上面画上五星的图案，然后将其立在花苑的东边，就可以让我们免受苦难了。今年的时辰已经过去了，请您在这个月二十一日的早晨，在

微风刚起的时候就把花幡给立上，我们或许就可免遭此难了。"崔玄微答应了，众女子齐声感谢道："不敢忘记您的恩德。"各自拜谢后就离开了。崔玄微在月下相随而行，只见众女子越过花苑的围墙，进到了花苑之中就消失不见了。

  崔玄微按照众女子的交代，到了这一天立起了花幡。这天东风从洛阳东边卷地而来，飞沙走石，吹折了很多树木，而苑中的繁花却一动也不动。崔玄微这才明白，这些女子之所以说自己姓杨、姓李，以及她们所穿衣服有不同颜色，是因为她们都是众花中的精灵。穿红色衣服的叫阿措，也就是石榴花。封十八姨，就是风神。之后过了几夜，杨氏诸人又前来感谢，每人都带着几斗花瓣，劝崔玄微说："喝下它，可以延年益寿。希望您能这样长期地保护我们，我们也能实现长生不老的愿望。"到了元和初年，崔玄微仍活在世上，但容貌却像是三十几岁的人。

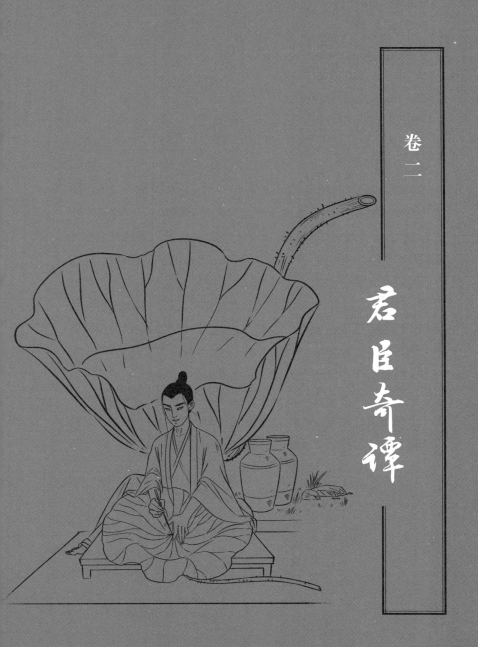

卷二

君臣奇譚

唐肃宗

手臂有鳞甲的妇人

　　唐肃宗将要到达灵武驿站的时候，已是黄昏时分。此时有一个身材高大的妇人，带着两条鲤鱼来到军营前叫喊："皇帝在哪里？"众人以为她是个癫狂的疯婆子，随即向肃宗禀报并偷偷地观察这个妇人的举动。这个妇人说完话之后，停在大树下休息。有士兵走上前观察，发现她的手臂上有鳞甲。过了一会儿，天就黑了，这个妇人也不知去向。到唐肃宗登基，回到京城之后，虢州刺史王奇光上奏，提及了女娲坟，说："天宝十三载，虢州下了大雨，天地一片昏暗，阴沉沉的。这个月有一天夜里，河上有户人家听到了风雷之声，天亮的时候发现女娲坟涌出来了，坟上面长了两棵柳树，有一丈多高，下面有一块巨石。"刺史王奇光还配了幅画一并进呈。唐肃宗刚刚平定天下，就派专职人员到刺史所说的地方去祭祀了女娲坟。到那里看到了实际情形，众人都怀疑之前的那个妇人是女娲神。

上清珠

异域进贡的宝珠

　　唐肃宗还是个小孩子的时候，被唐玄宗所器重。唐玄宗经常让肃宗坐在自己的面前，仔细地观察他的容貌，并对武惠妃说："这孩子的面相非常奇异，以后我们家也会有一位有福的天子。"于是玄宗命人把上清珠拿来，用红色的纱布裹着，将其系在肃宗的脖子上。

　　这颗宝珠是开元年间罽宾国贡奉的，光明洁白，夜晚时可照亮一整间屋子。仔细观察，会看到仙人、玉女、云鹤等在其中摇晃。等唐肃宗即位的时候，藏满珍宝的国库中经常有神光闪现。有一次，掌管国库的人将此事详细地禀报了唐肃宗，肃宗说："难道是上清珠吗？"于是命人将此珠拿了出来，包裹宝珠的红色纱布还在上面。唐肃宗于是流下眼泪，将宝珠向旁边的大臣一一展示，并且说道："在我还是个小孩子的时候，明皇将这颗宝珠赐给了我。"于是肃宗命令将宝珠收藏在翠玉函中，将其放在自己的卧室里。每当四方有水旱或兵革之灾的时候，肃宗就会虔诚地向宝珠祷告，没有一次不灵验的。

高 瑀

不染尘土的法宝

　　高瑀在蔡州的时候，有个叫田知的军将在贸易时亏损了几百万的钱财。生意做到外县，距离蔡州还有三百多里，于是高瑀就命令将田氏禁锢起来，将要对其进行审查。田氏深感担忧，但在逼迫之下又无计可施，他的僚属为其准备酒食并开导他。在十几个座客之中，有一个叫皇甫玄真的处士，他穿着白色的衣服，就像仙鹤的羽毛一样，容貌非常文雅。众人都对田氏说着一些宽慰勉励的话，皇甫玄真只是微笑着说："这也只是一件小事。"等众人散去后，皇甫玄真留了下来，对田氏说："我曾经到大海的东边游玩，获得了两样宝物，应该可以为你化解这个困难。"田氏表示感谢，并请求为其置办车马，皇甫玄真都拒绝了，然后他匆匆忙忙地告辞前行。

　　到了晚上，皇甫玄真来到蔡州，在旅店中歇息，第二天早上便去拜谒高瑀，高瑀一见之后便心生敬畏。皇甫玄真于是向高瑀请求道："我此番前来，是特意为了田氏的性命而有求于尚书您的。"高瑀连忙说："田氏亏欠的是官钱，不是我高瑀的私财，这可怎么办呢？"皇甫玄真请高瑀让左右的人回避，说道："我在新罗的时候获得了一条汗巾子，它能避掉尘埃，我想用这个救田氏。"皇甫玄真从怀中将汗巾子拿出来递给高瑀，高瑀刚拿到手上，便觉得身体非常清凉，于是惊讶地说道："这不是人臣应该拥有的，况且又是无价之宝，田氏的性命恐怕值不上这件宝物啊。"皇甫玄真请求试验一下这条汗巾子。

　　到了第二天，高瑀在城外举行宴会。当时干旱了很久，尘埃非常多。高瑀回头看了一下马尾以及左右的仆人，发现并没有尘埃。朝廷的监军使者也发现了异常，就问高瑀："为什么唯独尚书您不沾染尘埃呢，难道是您遇到了异人并获得了宝物吗?"高瑀不敢隐瞒。监军听了以后很不高兴，一定要见一见处士皇甫玄真，高瑀只好和他一同前去。监军开玩笑地说："道人啊，你是仅仅知道有个尚书大人吗? 还有什么宝贝，希望你拿出来让我看一看。"皇甫玄真将营救田氏的事情详细说了一遍，而且说宝物来自大海的东边，如今仅剩下一根针，它的法力较弱，不如汗巾子，但也可以让身体不沾染尘埃。监军拜谢道："能获得此件宝物已经足够了。"皇甫玄真于是从头巾上抽下这枚针，把它交给监军使者。针是金色的，大小和缝衣针差不多。监军将针别在自己的头巾上，快马跑入尘埃之中，尘土只落在了马鬃和马尾上。高瑀和监军每天都对皇甫玄真以礼相待，前去拜谒他，希望能从他那里学到一些关键的道术。一天晚上，皇甫玄真突然失踪了。

郑公悫

历城的北边有片使君林。北魏正始年间，郑悫在三伏天的时候，常常率领宾客僚属在这里避暑。郑悫将能装三升酒的大荷叶放在砚台上，用簪子将荷叶刺穿，让其

与荷叶的柄相通，然后将荷叶的柄弯曲成象鼻的形状，宾客相传，吸取荷叶上的美酒。郑悫将此荷叶杯取名为"碧筒杯"，历下的人竞相仿效。人们都说酒味夹杂着荷叶的气息，非常特别。

李彦佐

河伯被诚意感动

李彦佐在沧州的时候，正是太和九年（485年）。当年朝廷有诏书，命令浮阳的士兵北渡黄河。当时正是寒冬十二月，诏书到达济南郡的时候，李彦佐让人破冰行船，结果冰撞到了船上，船翻了，诏书也丢失了。李公既感到吃惊又觉得恐惧，不吃不睡已经有六天，头发突然间就变白了，形容憔悴，连他的僚属都惊讶于他容貌的改变。李公命令治理河水的小官吏，说："找不到诏书，你们都得死。"官吏很害怕，请李公姑且祷告一番，并且说道："不管它是沉还是浮，我们这些小官吏就凭借大人您的诚明，拼了命也要把诏书找回来。"李公于是准备好酒食，进行祷告，让神灵传话给河伯，并责备他，大意是说："圣明的天子在上，川渎、山岳我们依次都祷告了。在我管辖的境内，未曾缺少祭祀。你身为河伯，是水族鳞甲类的长者，你应当保卫天子诏书，为什么反而让它淹没呢？如果得不到诏书，我就会斋戒，并将此事禀报上天，上天就会责罚于你。"

于是官吏将酒洒在冰面上。李公的话刚说完，忽然听到了如同震雷一样的声音，河冰从中间断裂了大概三十丈那么宽。官吏知道李公的精诚已经传达给了河伯，于是将钩子沉到水底寻找诏书，只钓了一次就将诏书钓了上来，诏书的封口和四角像往常一样，只是篆印稍微湿润了一些。

李公所到之处，政令务求严整简约，待人接物都很诚恳，美好的名声被下僚所传诵。就拿这件事来说，河水迅急，又是如此混浊，无论是大木头、小草根，瞬间都会被冲到千里之外，哪里有船翻了六天，在一次祭祀之后坚冰裂开，只钓一次就能将诏书获得的情况呢？这难道不是精诚感动了上天吗？

王彦威

用蝾螈来求雨

　　王彦威尚书在汴州的第二年，夏季遇到干旱。当时袁王的老师季玘路过汴州，王彦威在宴请他的时候提及了干旱一事。当时季玘喝醉了，说："想下雨的话，太简单了。可以去找四头蛇医（蝾螈），放置两个容积为十石的大瓮，每个大瓮里面装满水，让两头蛇医浮在上面，再用木盖盖上，四周涂上泥巴密封好，将大瓮放在人多的地方，瓮的前后设置香案，焚上香。挑选十几个十岁以下的小孩，让他们拿着小青竹，昼夜不停地敲击大瓮，不要有片刻停下。"王彦威按季玘所言试了一下，结果大雨如注，下了一天两夜。之前有种说法，说龙与蛇医是亲家的关系。

徐敬业

藏在马肚子中躲过一劫

徐敬业在十几岁的时候，喜欢玩弹弓、射箭。他的父亲英公徐世勣常说："这孩子面相不善，将来会害了整个家族。"徐敬业每次射箭必定会挽弓盈贯，骑马飞奔时，瞬间就看不到他的身影，即便是技巧娴熟的骑兵也追不上。英公有一次外出打猎，命令徐敬业到树林中追赶野兽，然后他趁机放起大火，想把徐敬业一并烧死。徐敬业知道没有地方逃避了，就把骑的马杀了，将马肚子剖开，躲到了里面。大火过去之后，徐敬业浑身鲜血地站了出来，英公感到非常惊奇。

宁 王

柜子里的少女与黑熊

宁王经常到鄠县的边界打猎，有一次在搜索树林的时候，忽然发现草丛中有个柜子，柜子上的锁非常牢固。宁王命人将柜子打开，发现里面装着一个少女。宁王问她从哪儿来的，女子说："我姓莫，我的叔父和伯父在村中居住。昨晚遇到了打劫的盗贼，贼人中有两个是僧人，他们将我劫持到了这里。"女子的动作温婉，颦笑之间楚楚动人，非常妩媚。宁王既感吃惊，又很喜悦，于是让女子坐在车的后座，将她带了回去。当时有个猎人姓方，他捕获了一头熊，将其放到了空柜子里，又将柜子锁了起来。

这个时候，皇帝正在访求天下的极品美女，宁王认为莫氏是诗书人家的后代，当天就上表将此女送进宫中，并且将事情缘由告诉了皇帝，皇帝让莫氏充当才人。过了三天，京兆尹上奏，称鄠县的饭店里有两个僧人，花了一万钱将饭店租下一天一夜，声称是要作法事，但他们只是将一个柜子搬到店中。当天夜里，过了很久，人们听到柜子里扑扑腾腾地有声音。店主人很奇怪，为什么天亮了僧人还不出门，于是将门窗打开一看，只见一头熊冲着人跑出来，两个僧人已经死了，骨头都露了出来。皇帝知道这件事后，大笑着写了一封信给宁王，信中说："宁兄，你是真会处置这两个僧人啊！"莫才人能够演奏秦地的音乐，当时的人们称其为"莫才人啭"。

周　皓

年少轻狂惹的祸

司徒薛平曾经送太仆卿周皓上任，在送别的人群中有一位老人，他有八十多岁，穿着红色的衣服。周皓问他："你在这个官职上待了多少年？"老人说："我的本职是治疗跌打损伤，天宝初年，高将军的儿子被人打了，下巴被打脱臼了，是我帮他接上的。高将军赏给了我千万的金钱，同时上奏，许了我绯衣的官职。"周皓点了点头，将老人送走了。只有薛平察觉到周皓的脸色似乎不太好，等宾客散去之后，薛平独自留了下来，语气从容地向周皓询问道："刚才您问了穿绯衣的老官吏，我察觉到您好像不是很开心，这是为什么？"周皓惊讶地说："没想到您用心如此精微。"于是周皓将仆人遣出，并邀请薛平留宿，说道："此事说来话长，容我缓缓道来。"

周皓说他在年少的时候经常结交一些豪士侠客，到花柳场所游玩，在这些人中也藏纳一些亡命之徒。周皓等人在京城中寻访美女名姬，就像苍蝇寻找腥膻的羊肉一样，从来没有得不到的。当时靖恭坊有一个歌妓，她的名字叫作夜来，明眸皓齿，笑靥如花，而且歌舞绝伦，众多贵公子就算散尽家产也要去请她。当时周皓这伙人也都是很有钱的，而且擅长做这一类的事。刚好有一天，夜来的鸨母对周皓说："过些天是夜来的生日，不想让她寂寞地度过。"因为周皓与夜来有交往，于是为了生日宴会寻求珍贵的宝货，加起来值几十万钱。所请的乐工如贺怀智、纪孩孩等，都是名噪一时的绝妙高手。宴会开始后，众人才将院门关上，就听到有人敲打大门，周皓不许开门。过了很久，这些人破门而入。有一位少年穿着紫色的衣服，身后跟着几十名骑从，对着夜来的鸨母大骂，夜来等人哭着跪下道歉。众多客人见状纷纷散去。当时周皓血气方刚，而且仗着自己的扛鼎之力，回过头来让其随从抵抗。于是周皓等人上前，指责这位少年仗势欺人，众人抡起胳臂就厮打起来，将这位少年摔在地上，然后趁机突围而出。

当时都亭驿有一个叫魏贞的人，他有仗义心肠，喜欢私养一些闲人，周皓于是就投奔了他，并把情况说给他听，魏贞将周皓藏在自己的家人中间。当时官府抓人很急，魏贞恐怕露出马脚，就在夜里为周皓置办行装，让周皓在腰间带上几根金条，并且对他说："汴州的周简老是个义士，他会替你做主的，你如今可以去投靠他，但你要谦虚恭敬，不可怠慢。"周简老，大概是位大侠，他见到魏贞的书信后，非常开心。周皓于是拜他为叔父，将事情经过说了一遍。周简老让周皓住在一条船上，告诫周皓不要随便出来，并且为周皓提供丰厚的衣食。过了一年多，有一天周皓忽然听到船上有哭泣的声音，偷偷一看，原来是一个少妇。她

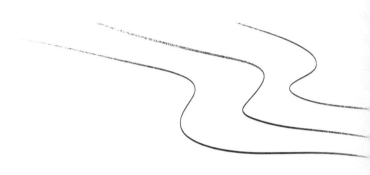

虽然穿着朴素的衣服，但非常美丽，周简老正在宽慰她。当天晚上，周简老忽然来到周皓的住处问他："你有没有结婚啊？我有一个表妹，她嫁给了某人，这个人死了，她也没有儿子，现在已是无家可归，可以侍奉你左右。"周皓拜谢，当天晚上周简老的表妹就嫁给了周皓，两人有了两个女儿、一个儿子，但仍然住在船上。有一天，周简老忽然告诉周皓："事情已经平息了，你的容貌也变了，肯定不会再有人认识你们，你可以到江淮之间游走。"于是赠送给周皓一百多贯钱财。周皓哭着离去，周简老不久就去世了。

周皓后来做了大官，周简老的表妹也还在世，儿女都已嫁娶完毕，事情已经过去四十多年了，人们再也不知晓此事，刚才被一个老官吏说起，周皓不觉自感惭愧。提及此事，周皓说："没有想到您体察人情如此细微啊！"有人亲耳听见薛平讲述了这件事。

龟兹国王

能降伏恶龙的国王

古代龟兹国的国王阿主儿，他有神异的功能，他的力量能够制伏毒龙。当时有一位商人购买了市人的金银宝货，到了半夜，金钱全都变成了炭。除此之外，境内的几百户人家的金银财宝也全都丢失了。国王之前有个儿子，已经出家了，修成了阿罗汉果。国王前去询问，罗汉说："这是龙干的，龙在北山，它的头像老虎，如今正在某个地方睡觉。"

国王于是换了身衣服，拿着剑，悄悄地出城，来到龙的旁边，看见龙躺卧在那里。国王正准备将其斩杀的时候，转念一想："如果我杀了一条睡着的龙，有谁会知道我的神力呢？"于是国王呵斥了龙，龙随即惊起，变成一头狮子，国王就骑在了狮子身上。龙很愤怒，发出雷的声音，腾空而起，飞到城北二十里的地方。国王对龙说："你如果不投降，我就斩了你的头。"龙害怕国王的神力，于是说了人的语言："不要杀我，我会做国王您的坐骑，您想到哪里去，我就会让您随心所欲。"国王答应了。之后，龟兹国王经常乘坐着龙出行。

王天运

被冻在冰里的士兵

天宝初年，安思顺向皇上进献了五色的玉带，皇上又从左藏库里找到了五色的玉杯。皇上很奇怪为什么最近西域全都没有了五色玉，就下令责备西域的各个藩国，众藩国回答道："昔日进献的五色玉都被小勃律劫持了，没有送到朝廷。"皇上非常愤怒，想要派兵征讨，众多大臣都在劝谏，只有李林甫赞成皇上的意旨，而且说武臣王天运有勇有谋，可以为将。朝廷于是命令王天运带领四万人，同时率领众藩国的士兵前去讨伐。等大军逼近城下之时，小勃律的国君害怕了，将全部的宝玉拿出请罪，愿意每年向朝廷贡献美玉。王天运没有允许，随即展开了屠城行动，抓捕了三千名俘虏，带着宝玉珠玑回国了。

小勃律国中有法术的人说："王将军不讲仁义，这是不好的兆头，上天将要刮起大风雪了。"将士走了几百里之后，忽然风从四面而起，雪花像鸟的翅膀那么大，风把海子的水吹起来形成冰柱，冰柱立起后又反复倒下。过了半天，海子的水涨涌起来，四万名士兵一时之间都被冻死了，诸多藩国中的人和汉人各剩下一名士兵得以返回。士兵将情况详细禀报了唐玄宗，玄宗感到非常惊异，随即命令宦官随二人前去查验。到了海子的旁边，众人看到坚冰像山那样峥嵘矗立，隔着冰还能看到士兵的尸体，有站着的，有坐着的，晶莹剔透，历历可数。宦官将要回去的时候，冰忽然融化，众多的尸体也都不见了。

贾 耽

粮食藏在坟墓里

　　贾耽相公在滑州的时候，境内大旱，秋天的庄稼全都损失了。贾耽将两名大将喊过来，对他们说："今年大旱，庄稼荒芜，要烦请你们两人拯救三军和百姓啊！"二人都说道："只要对三军和滑州有利，我们万死不辞。"贾耽笑着说："现在要难为你们去做强健的走卒，某一天会有两个骑着马、身穿红衣的人到来，他们会骑着鬣毛很长的蕃马经过集市走出城门，你们在后面跟踪，并记下他们消失的位置，这样我的事就可以办成了。"

　　这两位将军于是带着干粮、穿着黑色的衣服前去寻找，果然一切都如贾相公所言。两位将军从集市走到郊野，走了两百多里路，而穿红衣服的两人走到一座大坟墓前就消失了，两位将军于是垒起小石块，做好标记，过了两个晚上才返回滑州。贾耽非常高兴，命令几百名强健的士兵带着畚箕和铁锸，与这两位将军一起来到做标记的地方。众人将坟墓挖开，收获了陈年的米粟几十万斛，但人们终究也没有想到为什么是这样。

李林甫

心慕名利的假和尚

寺庙建造时，钟楼往往位于东边。只有菩提寺不同，因为李林甫的住宅在东边，所以该寺的钟楼建在了西边。寺内藏有郭子仪的玳瑁鞭以及郭子仪的夫人王氏的七宝帐。寺庙的主持元竟知道很多佛教的掌故，他曾经说，李林甫每到自己生日的时候就摆下斋筵，邀请这座寺庙的僧人到自己的家里去。有位僧人某某曾经赞颂佛事，得到李林甫的一具鞍鞯，将它卖了七万钱。又有一位僧人广有名声，口诵经书好几年，按轮流的顺序，该他赞颂佛事了，于是该僧人极力地赞扬李林甫的功德，希望获得厚报和亲近。斋筵结束后，帘子下放出一个彩筐，上面用香罗帕盖着一件东西，就好像腐朽的钉子一样，有几寸那么长。

僧人回去后失望惋惜了好几天，不过他认为李林甫这样的大臣是不会欺骗自己的，于是将此物拿到西边的集市，向西域的胡商展示。胡商看到后，惊讶地说："和尚啊，你怎么会有这东西？如果你一定要卖的话，我不会拒绝你出的价格。"僧人尝试着请求一百贯铜钱，胡商大笑着说："不止这些啊。"僧人极力向上加价，一直加到五百贯铜钱，胡商说："这件东西值一千万。"于是将钱给了僧人。僧人问这东西叫什么名字，胡商说："这是舍利宝骨。"

 张　镒

　　张镒相公的父亲张齐丘，非常信奉佛教。他每天早上都要换上新衣服，拿着《金刚经》在佛像前诵念十五遍，过了几十年也没有懈怠。永泰初年，张齐丘任朔方节度使。衙门内有个小将犯了罪，因为害怕事情暴露，于是就煽动了几百名军人，定下计谋，准备反叛。张齐丘退衙之后，在小厅闲步，忽然有几十个士兵拿着露出刀刃的兵器跑了过来，而张齐丘的身边只有几名奴仆，于是众人朝宅门跑去。刚跑过小厅几步远的时候，回头一看又没有人，张齐丘怀疑是鬼魅。快到宅门的时候，张齐丘的妻女、奴婢又喊叫着往外跑，说是有两个身穿盔甲的士兵从厅堂走了出来。

　　当时衙门的亲兵听说有变动，手里拿着兵器慌乱地跑了进来。到小厅前面的时候，他们看到十几个人挺立在庭院中，双手垂下，嘴巴张开，将兵器扔在了地上，众人于是将他们擒住，绑了起来。有五六个人嗓子哑了，说不出话来，其余的人说："我们刚准备进小厅，忽然看到两个穿着盔甲的人，有几丈那么高，瞪着眼睛呵斥我们，我们就像中了邪一样。"张齐丘听说之后，就将酒肉断了。张镒是凤翔节度使，就是我的门吏卢迈的亲姨父，卢迈亲自跟我说的此事。

韩 弘

没有被打死的老人

　　刘逸淮在汴州的时候，韩弘是右厢虞候，王某是左厢虞候，王某与韩弘的关系很好。有人说二人互相从对方那里获取军情，将要对刘逸淮不利。刘氏大怒，将二人都喊过来审问。韩弘就是刘氏的外甥。韩弘跪在地上一个劲儿磕头，大喊大叫，刘氏的情绪这才稍微缓解。王某年事已高，大腿在颤抖着，又不能为自己辩解。刘氏命人将其拉出去打了三十棒。当时新制作的红色木棒，棒头直径有几寸长，又用皮筋和油漆固定好，棍棒打下去的时候不会滑动，只要五六下就可以把人给打死。韩弘心想王某必死无疑，于是到黄昏之时去拜访了王某的家人，奇怪的是他并没有听到哭声，韩弘还以为王某的家人是因为害怕而不敢哭泣。他询问了门卒，门卒说王某身体无恙。韩弘向来与王某很熟，于是

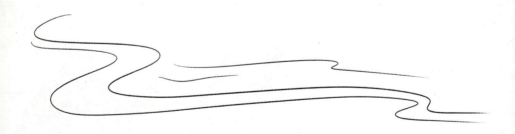

到其卧室去询问。王某说："我读《金刚经》已经四十年了，如今才收到效果。"王某说自己刚开始被惩罚的时候，看到一只巨大的手如同簸箕一般，将自己的后背遮得严严实实的。于是王某将后背露出给韩弘看，上面完全没有被棍棒打伤的痕迹。

　　韩弘之前不喜欢佛教，从这件事之后开始与僧人往来，每天写十页佛经，最后写的纸积累了好几百轴。后来韩弘任中书令，正是盛暑之时，有谏官因为有事拜谒韩弘，发现他正在挥汗抄写佛经，谏官感到很奇怪，就问他为何如此。韩弘这才将王某的事详细地告知。我在集仙阁任职的时候，常侍柳公向我说起了此事。

梁武帝

是杀棋不是杀人

人们传说，杯渡和尚来到了梁朝。梁武帝召见了这位僧人。当时武帝正在下棋，就喊了一声"杀"。当差的宦官听错了，就将这位僧人给杀了。

浮休子说："梁朝有位榼头师，他的行为高超而神异，梁武帝很敬重他，经常让宦官把他召唤到跟前。有一次台阶下的人禀报，说榼头师来了，梁武帝正在下棋，想要杀一段棋子，就应声说道：'杀！'宦官派人立刻将榼头师杀了。梁武帝下完棋，命令榼头师进来，宦官说：'刚才陛下您命令将他杀掉，现已经将其正法了。'榼头师临死的时候说：'我没有罪。我的前生是个小沙弥，我在锄地时误杀了一条蚯蚓，梁武帝那个时候是一条蚯蚓，如今这是我的报应啊。'"

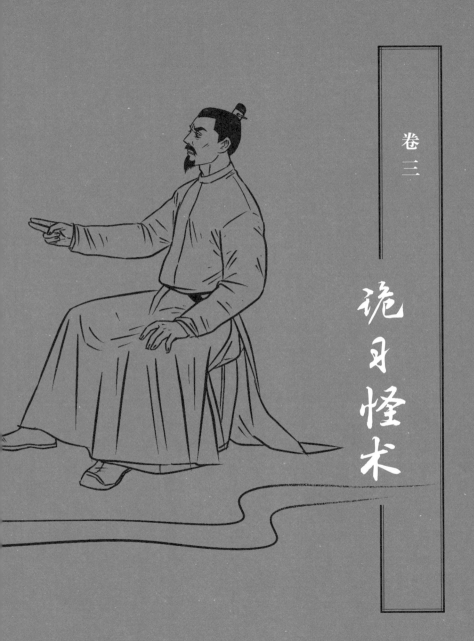

卷三

诡异怪术

崔罗什

人会写诗鬼都爱

　　长白山的西边有座夫人墓，北齐孝昭帝的时候，朝廷搜罗天下英杰才俊。清河的崔罗什，在还没有成年的时候就拥有美好的名声，于是他被朝廷征召，前往州郡。在夜晚经过夫人墓的时候，崔氏忽然看见了红色的大门和粉色的墙壁，亭台楼阁远远相望。过了一会儿，有一个青衣女子出来对崔氏说："我家女主人想要见一见你。"崔氏不知不觉就下了马，经过两重门之后，里间又有一个青衣女子前来问候并引导崔氏往前走。崔氏说："我正在路途之中，忽然受到如此厚爱，素日又没有交情，不应该再深入了。"青衣女子说："主人是平陵郡刘府君的妻子，是侍中吴质的女儿。刘府君已经去世了，所以主人想和你见一面。"

　　崔氏于是继续向前走，进入房间，坐在胡床上。女主人在靠东的窗户边站着，与崔氏相互寒暄。屋内有两名婢女拿着蜡烛，女主人喊来一名婢女，让她把玉夹膝摆在崔氏面前。崔氏向来就有才华，非常善于歌咏，虽然崔氏怀疑女主人并非人类，但也喜欢她的美貌。女主人说："刚才我看到郎君你在庭院的树下休息，很喜欢你的吟诗啸咏，所以想和你见一面。"崔氏于是问道："魏帝给你父亲写信，称你父亲为'元城令'，是这样吗？"女主人说："我父亲做元城令时，我刚刚出生。"崔氏于是和女主人讨论汉魏之间的大事，全部与魏史相合，谈话的内容太多，无法一一

记载。崔氏说："你的丈夫刘氏，叫什么名字呢？希望你能告诉我。"女主人说："我丈夫是刘孔才的第二个儿子，名为瑶，字仲璋。当时因为犯罪被抓走了，然后就一去不返。"崔氏听后，就从胡床上下来了，与女主人告辞。女主人说："十年之后，我们会再次相逢。"

崔氏于是将玳瑁簪留下，女主人也将手指上的玉环赠给了崔氏。崔氏上马走了几十步之后，回头一看，原来是一座大坟墓。崔氏到了历下城，认为这是一件不祥的事情，于是请了僧人前来斋戒，并布施了众人。天统末年，崔氏因为朝廷公务，要在夫人墓的旁边修筑河堤，于是在厅堂之中，将这番经历告诉了济南奚叔布，说完就哭道："如今已是第十年了，我该怎么办呢？"崔氏在花园中吃杏子，只说了一句："去禀报女主人，我就要过去了。"一枚杏子还没吃完，崔氏就去世了。崔氏是郡县的功曹，一向被乡里推重，在他去世的时候，没有人不伤感叹息的。

邵敬伯

到江水之中送书信

平原县往西走四十里，之前有一片杜林。南燕国太上末年，有一位叫邵敬伯的人，家住在长白山。有人带给邵敬伯一封信，说："我是吴江的使者，天帝命我去问候济水中的河神，现在我需要路过长白山，希望您帮我把这封信送去。"此人又教邵敬伯说："只要你从杜林中取一片树叶，将它放到济水里，自然会有人出来接你。"邵敬伯听从了这话，果然看见有人前来引导他。邵敬伯很怕水，接他的人让其闭上眼睛即可。邵敬伯闭上眼睛后就感觉似乎来到了水中，一睁眼，他就看到了水中宏丽的宫殿。宫殿里面有一位八九十岁的老人坐在水晶床上，将书信打开后，上面写道："裕兴超灭。"旁边的侍卫都是圆眼睛，身披甲胄。

　　邵敬伯告辞离开，老人送给他一把刀子，说："你一路走好，只要拿着这把刀子，就不会有水厄了。"邵敬伯从水中出来以后，又回到了杜林中，但衣裳一点都没有沾湿。果然，在这一年，宋武帝刘裕灭了南燕国的慕容超。邵敬伯在河间住了三年，有天夜里忽然发了大水，全村都被淹没了，只有邵敬伯坐在一张床上漂浮着，水到天亮时才没过他的鞋子。邵敬伯向下一看，他所坐的床原来是一只大乌龟。邵敬伯死后，他佩带的刀子也不知去向。世人相传，说杜林的下面有河伯的坟墓。

汝州女

在古塔中与夜叉为伴

博士丘濡曾经说：汝州旁边有个县城，在五十年前，有村民丢失了女儿。过了几年，这名女子又回来了，女子说自己被鬼魅抓走了，忽然间就被带到一个地方，到天亮时，才发现自己在古塔中，然后看到一个美男子。该男子对女子说："我是天上的人，命中注定会得到你，让你成为我的妻子。作为夫妻，我们在一起也是有年限的，你不要怀疑，也不要害怕。"而且他告诫该女子不要往外看。他每天回来两次，到古塔外面找吃的，有时带回来的烧饼还是热的。过了一年，该女子趁他外出的时候，偷偷地观察了他，发现他身体腾空，就像在飞翔。他的头发是火红的，皮肤是蓝色的，耳朵张开就像驴的耳朵一样，到了地上他才变回人的模样。女子非常害怕，汗流浃背。

怪物回来后，感觉到了异常，说道："你肯定偷看了我，我其实是夜叉，和你有缘在一起，最终也不会害你。"该女子本来就聪明，于是说道："我既然做了你的妻子，怎么会嫌弃你呢？你既然有灵异的功能，为什么不住在人间呢，这样我还可以时不时见见我的父母。"夜叉说："我们这些人因为有罪，如果和人类住在一起的话，就会引发瘟疫。如今我的形迹已经暴露，就任你观看吧，不久你就会回家的。"

这座古塔离人们居住的地方很近，女子经常往下看，这个怪

物在空中不能改变自己的形貌，到了地面才与人类混杂在一起。如果碰到穿白色衣服的人，这个怪物就会敛手相避。有时会看到怪物摇摇人的脑袋，往人脸上吐唾沫，行人也都像是没看见。等怪物回来的时候，女子问道："刚才我看到你在大街上对有的人很敬重，又拿有的人开玩笑捉弄他们，这是为什么呢？"怪物笑着说："世上有吃牛肉的人，我就可以欺侮他；当遇到那些忠直、孝养的正人君子，严守戒律、遵从法箓的僧人道士时，如果我误犯了他们，我就会受到上天的惩罚。"

又过了一年，怪物忽然悲伤地哭泣道："缘分已尽，等风雨来的时候我就送你回家。"于是怪物给了女子一枚像鸡蛋一样大的青石，让女子到家了以后将青石磨成粉末状，然后服下，说这样可以祛除身体中的毒气。一天晚上，在雷雨大风之时，怪物急忙拉着女子说："你可以走了。"就好像佛教说的弯臂伸手的工夫，女子已经到了家里，掉在院子里面。女子的母亲将青石磨成粉，让女子服下，然后排出了一斗像青泥一样的毒物。

孟不疑

在东平还没发生战事的时候，有位举人叫孟不疑，他在昭义客居。一天晚上，他来到驿店，正准备洗脚，有人声称是家住淄青的张评事，带着几十个仆人来到店里。孟不疑准备去拜谒，结果张评事喝醉了，根本不搭理人，孟不疑就退到西边的房屋里。张评事不停地喊驿吏，让其送煎饼过来。孟不疑偷偷地观察这一切，对张评事傲慢的态度很是气愤。过了很久，煎饼熟了，孟不疑看到一个黑色的怪物，像猪一样，端着盘子来到灯影边站着，如此这般，往返了五六次，张评事竟然一点都没有察觉。孟不疑非常恐惧，睡不着觉，而张评事很快就鼾声如雷。

三更以后，孟不疑才合上眼皮，忽然又看到一个黑衣人在和张评事比试力气。很久之后，两人相互扭打着进入东边的偏房，他听到拳头击打的声音就像在捣杵臼一样。过了一会儿，张评事披头散发，袒露着身子出来了，又回到床上睡着了。到五更的时候，张评事将仆人喊来，让他们点燃蜡烛，准备好洗漱用的毛巾、梳子。张评事靠近孟不疑，说："我昨晚喝醉了，都不知道和您住在同一间厅堂里。"于是命人摆下饮食，二人相谈甚欢。时不时听见张评事小声地说："昨天晚上我做的事，真是愧对长者您啊，还请您不要说出去。"孟不疑只是说"好好好"。张评事又说："我的事有期限，必须早上出发，您可以先走了。"随后，

张评事又从靴子中摸出一根金条送给孟不疑，说："这是微薄的赠礼，还请您为之前的事保密。"孟不疑不敢推辞，就先走了。

走了几天后，才听说官军在抓捕杀人的盗贼。孟不疑向路边的人询问，大家都说：淄青的张评事到了驿店后，第二天早上出发上路，到天亮的时候，只发现空空的马鞍，人找不到了。驿店的官吏返回驿店寻找，在西边的房屋里发现了席子的一角，掀开之后，只有一堆白骨，连一只喜欢趴在肉上面的苍蝇都没有。地上只有一滴血，除了旁边有一只鞋子，什么都没有。

人们相传这座驿店之前就是凶宅，但终究也不知道是何种怪物所致。举人祝元膺曾经说，他亲自听孟不疑说过多次，告诫他人在夜晚吃饭时一定要祭祀。祝元膺又说，孟不疑从来不相信佛教，非常善于写诗，比如其中有警句："白日故乡远，青山佳句中。"后来孟不疑信奉佛教，到处游览，不再参加科举了。

刘积中

灯影中的怪物

刘积中曾经住在靠近京城的县城里。他在村庄居住的时候，有一天妻子病重了，刘积中一夜未眠，忽然有一个白头发的老婆婆从灯影中走出来，只有三尺那么高。老婆婆对刘氏说："你的夫人生病了，只有我能够治疗，你为什么不向我祈祷呢？"刘氏生性刚强，呵斥了老婆婆。老婆婆慢慢地又着手，说："你可别后悔啊，你可别后悔啊！"说完就没了行踪。这时刘氏妻子的心脏感到一阵暴痛，都快要死掉了，刘氏不得已向老婆婆祈祷，话刚说完，老婆婆就出来了。刘氏向其行揖拜之礼，并请其坐下。老婆婆要了一盏茶水，口中就像在念咒一样，然后命人将茶水灌入夫人口中。茶水刚刚入口，刘氏妻子的病就好了。

之后，老婆婆时不时地从灯影里出来，家人也不感到害怕了。过了一年，老婆婆对刘氏说："我有个女儿，到了嫁人的年纪，烦请你为她找个好女婿。"刘氏笑着说："人和鬼不同路，我肯定难以完成你的托付。"老婆婆说："我不是求你找个活人，你只要将桐木刻成人形，面容稍微好看一些就是了。"刘氏答应了此事，也着手去办了。过了一晚，木头人就消失了。老婆婆又对刘氏说："烦请主人您为我找一对婚礼中铺床的童男童女，如果可以的话，某天晚上我就会亲自赶着马车去迎亲。"刘氏心里想了一下，也是无可奈何，就又答应了。

　　在某一天过了下午五点的时候，有仆人赶着马车来到刘氏门前，老婆婆也来了，说："主人可一同前往。"刘氏与妻子各自登上一辆马车，天黑的时候来到一处地方，看到了高大的红门与围墙，灯笼、蜡烛一字排开，宾客帐席之盛，就好比王侯之家。老婆婆引导刘氏来到一间厅堂，里面有十几位身穿朱衣、紫衣的官员，有些是刘氏认识的，有些是已经去世的，彼此相视无言。而刘氏的妻子也来到一间厅堂，蜡烛像人的手臂那样粗，房内一片锦绣灿烂，屋内也有几十位妇人，活着的已死的、相识的不认识的，各有一半，众妇人也只是相视而已。到了五更，刘氏与妻子恍惚之间回到家中，就像醉酒醒来一样，昨晚的经历连十分之一二都记不起来了。

　　过了几个月，老婆婆又来了，向刘氏拜谢道："小女儿长大了，如今还要托付你一些事情。"刘氏不耐烦，拿起枕头砸了过去，说道："老妖婆，你怎敢如此打扰别人！"于是老婆婆随着枕头一起消失了，刘氏妻子的病也再一次发作。刘氏与儿女一起将酒浇到地上祭祀祈祷，老婆婆再也不出来了，刘氏的妻子最终因为心痛病而死。刘氏的妹妹也患上了心痛病，刘氏想要搬家，但所有的物品就像被胶水固定在位置上一样，就连很轻的鞋子也拿不起来。刘氏于是请僧人、道士前来，众僧不停念咒，道士上表

求神，但都没有禁止这些怪事。

　　刘氏有次在闲暇之时阅读药方，他的婢女小碧双手下垂，缓缓地迈着步子从外面走进来，大声说道："刘四，你还能回忆起之前的事吗？"然后婢女就哭道："我回家省亲时，从泰山回来，路上看到飞天夜叉把你妹妹的心夺走了，我把它夺了回来。"于是婢女将袖子举起，里面有一个东西在蠕动。婢女回头往左边看了一下，好像在命令别人，说道："可以把心脏安好了。"刘氏又感觉袖中刮起了大风，大风直冲帘幕进入堂屋。婢女于是来到堂屋中与刘氏对坐，询问其家人的存亡情况，并叙述了平生经历的一些事情。刘氏与杜省躬同年考中进士，颇有情分，刘氏的婢女与杜省躬的举止笑语无不相似。过了一会儿，婢女说："我还有事，不可久留。"于是拉着刘氏的手呜呜咽咽，刘氏也悲伤不已。婢女忽然倒在地上，等她醒的时候，什么都不记得了。刘氏的妹妹从此安然无恙。

李和子

用钱和鬼打交道

元和初年，长安城的东市有个恶少叫李和子，他的父亲眼眶向外突出，人称李努眼。李和子生性残忍，经常偷狗和猫吃，成了街坊的祸害。李和子曾经在街上行走，将鹞子放在肩膀上。他看到两个身穿紫衣的人，问他："你难道不是李努眼的儿子吗？"李和子随即向二人揖拜，二人又说："有个事儿，我们可以找个空地聊一聊。"于是众人往前走了几步，来到人群之外，二人说："冥界要追捕你，你赶快去吧。"李和子完全不能接受，说："你们是人，为什么骗我呢？"二人说："我们就是鬼。"于是一人从怀中取出一份文牒，上面的印章还是湿的，李和子的姓名就在上面，文牒中说李和子被四百六十头狗和猫起诉。

李和子既吃惊又害怕，于是扔掉了鹞子，向二人揖拜、祈祷，并且说道："我命该死，但请你们一定要为我停留片刻，我摆上微薄的酒肴来招待你们。"二鬼坚决推辞，最终无法拒绝，只好前去。刚开始，李和子请二鬼去毕罗肆，二鬼用手掩着鼻子不肯前行，李和子于是请二鬼来到杜家酒店。众人见李和子一个人在那里揖拜、说话，都认为他的行为很疯狂。李和子要来九碗酒，自己喝了三碗，另外六碗摆在西边的座席上，并且请求二鬼给自己行些方便。二鬼相互看了看对方，说道："我们既然喝了他的酒，受了他的恩惠，就必须为他想个法子。"于是二鬼站起来，说："请你暂且等我们片刻工夫，我们会回来的。"一会儿工夫，二鬼就回来了，说："你准备四十万钱，我们会为你再请三年的命。"李和子答应了，并与二鬼约定明天中午见面。于是算完酒钱后，二鬼将酒还给李和子，李和子尝了尝，味道和水一样，牙齿都感到一阵冰冷。李和子赶快回家去，买好了冥衣和丧葬用品，在规定的时间将其焚烧并把酒浇在上面，然后就看见二鬼把钱拿走了。然而过了三天之后，李和子就去世了。原来鬼说的三年，大概就是人间的三天。

郭 谊

石壁虎的报复

潞州军校郭谊，之前是邯郸郡太守的幕僚，因为他哥哥去世了，所以他到郓州去将哥哥的灵柩迁出，安葬在磁州滏阳县西边的山冈上。滏阳县的地界靠山，泥土中有很多石头。有实力的人家在下葬之时，都是将石头凿开，以此作为墓穴。郭谊在卜葬之后，也要将安葬之处的石头凿开。工人花了好几天的时间，费了好几倍的工夫，忽然凿透了一个洞穴。洞穴中有块石头，大约有四尺长，形状和壁虎相似，肢体和头尾都具备，工人不小心把石壁虎凿断了。郭谊内心很反感此事，想要选取别的地方重新占卜，就将此事告诉了刘从谏，但是刘从谏没有允许，于是就在此下葬了。

后来过了一个多月，郭谊掉到厕所里，身体倒下来，差点摔死了。他的亲人、奴婢共二十多人相继去世。郭谊从此以后就因害怕而惊悸，情绪不安稳，经常说梦话。于是郭谊只好求上级哀怜，请求罢去自己的职位。

崔 氏

月色不独在人间

醴泉县尉崔汾，他的二哥在长安的崇贤里居住。夏夜，他正在空阔的庭院中乘凉，月色皎洁可爱。半夜刮来一阵风，只觉异香逼人。过了一会儿，就听到南边的院墙下有泥土松动的声音，崔氏以为是蛇或者老鼠。忽然，崔氏看见一位道士，道士大声说："月色真好啊！"崔氏惊慌失措，就逃跑了。这位道士大概有四十岁，在庭院中缓步而行，风采清雅古朴。过了很久之后，又有十几个歌妓推开大门走了进来，她们穿着轻纱，头戴翠翘，容貌艳丽，世间少有。她们身后又有随从，带着芳香的坐垫，然后众人坐在月色之下。崔氏怀疑她们是狐魅，于是将枕头扔了过去，想要警告她们。道士稍微回了一下头，愤怒地说道："我因为这里稍微安静一些，又贪恋这里的月色才来到这里，我一点都没有想逗留的意思，你怎敢如此地粗鲁草率！"道士又生气地问道："这里有没有掌管土地的鬼神啊？"

一会儿就来了两个人，身高只有三尺，长着大大的脑袋和耳朵。这两个人趴在道士面前，唯唯诺诺。道士傲慢地指向崔氏所在的地方，说道："这个人应该有亲人在阴间，把他的亲人喊过来。"片刻之间，崔氏就看到几十个卫士将他的父母和哥哥都牵来了，一路上又是打又是骂的。道士呵斥道："我在这里，你胆敢让你的儿子如此无礼！"崔氏的父母跪下叩了头，并说道："阴

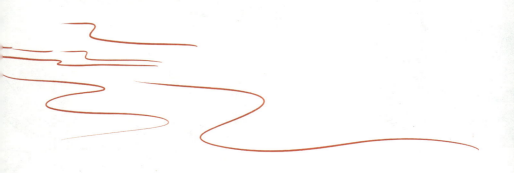

阳相隔，我们的教诲和指责不能传递给他啊。"道士又呵斥了一番，将崔氏的父母打发走，又对二鬼说："把这个痴傻的人抓过来。"二鬼跳到门边，把一个像弹丸的红色物体遥遥地扔到崔氏口中，原来是条红绳子，所以崔氏就这样从庭院中被钓了过来。道士又对崔氏进行了诟骂和羞辱。崔氏受惊后，口中说不出话来，没有办法为自己申辩。崔氏的仆妾在旁边号啕哭泣。这些歌妓排成一排，向道士跪拜，说道："他是个凡人，只是因为您无故前来而受到惊吓，其实并没有大的过错。"道士的怒气这才消解，于是拂衣从大门而去。崔氏的病就像中了邪一样，过了五六天才好转。于是崔氏又用酒来祭祀洒扫，向神灵道歉祈祷，后来也没有发生其他事。

僧　瞻

钓鱼钓到的怪物

　　姚司马，寄居在邻州，他的住宅旁边有一条小溪。他的两个女儿经常在溪边钓鱼，但是从来没有钓到过什么。有一次，二人的鱼竿忽然碰到了什么，各自钓上来一个东西。一个像鳝鱼一样，但是有毛。一个像鳖一样，但又有鳃。姚氏的家人感到很奇怪，将其养在盆池之中。过了一年，姚氏的两个女儿精神变得恍惚，夜晚经常坐在明亮的灯光下做女工，将布帛染成蓝色或黑色，从来都没有停歇，但人们却不见她们做出什么。当时杨元卿在邻州，与姚氏有交情，姚氏就到了邻州去做事。

　　又过了半年，姚氏的女儿病得更厉害了。有一次，姚氏家人在灯火下玩戏钱的游戏，忽然看见两只小手从灯下伸了出来，大声说道："请给我一枚钱。"家人之中，有人朝小手吐了一口唾沫。小人又说："我是你们家的女婿，你们怎敢如此无礼？"两个小人，一个自称乌郎，一个自称黄郎，之后便与姚氏的家人混熟了。杨元卿知道此事之后，请京城中一个叫瞻的僧人来看看情况。僧人瞻对鬼神之事很擅长，他口念咒语，专治鬼魅，生病的人往往能收到好的疗效。僧人瞻到姚氏家之后，立下竹竿，用绳子划出地界，掐着自己的手指，指挥自己的宝剑。之后又在地界外设置了祭祀用的酒食。半夜之时，有头怪物像牛一样，用鼻子嗅着酒。僧人瞻于是偷偷地拿着剑，跐着脚来到怪物面前，大喝

一声，用力刺去。怪物血流如注，带着剑逃走了。僧人瞻带领左右的人拿着明亮的火把去追，沿着血迹来到了屋后，见到一个黑色的用皮革做的行囊，大小和土筐差不多，它的喘息之声就像鼓风的皮囊一样，这大概就是乌郎了。众人于是点起火堆将它焚烧了，臭味远播十几里，姚氏大女儿的病就好了。

从此以后，每当风雨交加的夜晚，姚氏的门庭就会有啾啾的声响。姚氏的小女儿仍然在生病，僧人瞻来到小女儿的面前，举起金刚杵大声呵斥，小女儿因为害怕，头上的汗不停地流。僧人瞻偶然看到小女儿的衣带上有个黑色的袋子，于是让婢女将其解下，递给自己察看一番，里面原来是把小钥匙。僧人瞻于是将小女儿佩戴的物品搜查一遍，用钥匙打开了一个柜子，里面装的全是丧家搭帐篷用的衣物，衣物只有黄色和黑色两种。僧人瞻的假期将满，没治完鬼魅，就回到了京城。过了一年，姚氏因罢职，来到了京城。他首先拜访了僧人瞻，僧人瞻也加倍为姚氏的小女儿医治。过了十天之后，姚氏的小女儿手臂上肿起了一个像瓜一样大的水泡，僧人瞻用针将其刺破，流了几盒子的血，姚氏小女儿的病也差不多好了。

郑琼罗

冤魂之下的琴与诗

　　我的远房叔父，名叫某某。贞元末年之时，他从信安去洛阳，晚上到了瓜洲，就住在小船里。在长夜漫漫之时，我的叔父在弹琴，忽然觉得船外有叹息之声。在不弹琴的时候，叹息之声就没有了，像这样反复了好多次之后，我的叔父将琴弦调松一些，就睡下了。他在梦中遇到一个女子，这女子大概二十多岁的年纪，形容憔悴，衣服破败。女子上前揖拜，说道："我姓郑，名叫琼罗，原本住在丹徒，我的父母早亡，我依靠着孀居的嫂子度日，嫂子不幸又去世了，我只好来到扬子县寻找我的姨母。我夜晚住在旅店里，市里一个官宦子弟叫王惟举，他趁自己喝醉了，想要侮辱我。我知道自己不能幸免，于是用衣领上的丝巾上吊自杀了，这个官员的儿子偷偷地将我埋在鱼市西边的沟渠之中。当天晚上，我再次托梦给扬子县的县令石义留，他最终也没有理会我。我又在江石之上升起冤气，县令却认为这是吉祥的烟雾，将其画成图上奏了朝廷，以致我抱恨四十年，没有人为我洗刷屈辱。我的父母都擅长弹琴，刚才我恰好听到你的琴声，声音奇妙动人，我心中不免有所怀念感叹，不知不觉就来到了这里。"

我的叔父不久后又来到洛阳北边的河清县的温谷，访问内弟樊元则。樊氏从小就懂得奇异的法术。叔父住了几天之后，樊氏忽然说："哥哥，你怎么会带着一个女鬼行走呢，请让我把她赶走。"于是樊氏点上灯烛，焚上香，开始作法。过了一会儿，就听到灯后有窸窸窣窣的响声。樊氏说："这是女鬼请求纸笔。"樊氏随即便将纸笔投到灯影之中，过了一会儿，纸片飞快地从灯前落下。众人一看，纸上写满了字，写的是一首杂言七字诗，言辞非常凄苦，樊氏命令赶快将其录下来。樊氏说鬼书如果不及时录下来，字不久就会消失。到了早上，纸上的字就像被煤灰污染了一样，已经看不到字了。樊氏又让人准备好酒、肉脯以及纸钱，趁着黄昏在道路边将其焚烧。一阵风刮过，将纸灰卷到了天上，有数丈之高，人们又听到了悲泣的声音。纸上的诗一共有二百六十二字，大都是写自己在幽冥之中的冤屈，其中的语言不是很通畅明白，因此这里不抄录全诗。其中有二十八个字是这样的："痛填心兮不能语，寸断肠兮诉何处。春生万物妾不生，更恨香魂不相遇。"

张 和

废弃佛像中的游历

　　成都有个坊市的长官叫张和。蜀郡有位富家子弟，他的财富可以与卓王孙和程郑相比，蜀地有名的美女，没有不被这位富家子收罗的。他经常对照图画来寻找美女，媒人也踏破了他的门槛，但富家子还是经常遗憾找不到中意的人。有人对他说："坊市的长官张和，是一位大侠，哪家有待嫁深闺的佳丽，他都清楚，你为什么不去以诚相待呢？"富家子于是将黄金装满箩筐，将锦绸装满箱子，带着这些在夜晚拜访了张和，将想法全都告诉了张和。张和很高兴地答应了此事。

　　有一天，张和前来拜访富家子，和他一起来到西城三十里外，进入一间废弃的寺院。寺院里有一座岿然不动的大佛像，张和与富家子一起爬到佛像的底座上，张和举起手来摸到了佛像的乳头，将其揭开后，就形成一个像碗口一样大的破洞，张和挺身走进去，又拉着富家子的手臂将其拽进去。不知不觉之间，二人共同来到洞穴之中，在路上走了十几步之后，忽然看到一座高大的门墙，形状就和州县的门墙一样。张和敲门敲了五六下，有一个梳着九髻的童女前来开门迎接，并向二人揖拜，说道："我家主人盼你盼了很久了。"过了一会儿，主人出来了，身穿紫衣，腰系贝带，身后跟着十几个侍从，很恭敬地接待了张和。张和指着富家子，说道："这是一位年轻的君子，你们要善待他，我还

有急事，必须回去了。"张和没有坐下，立即告辞而去。刚说完这些，张和就已经不见了踪影，富家子心里感到很诧异，但又不敢多问。

主人将富家子请到堂中，只见到处锦绣，遍布珠玑。堂中还摆着用琼瑶制作的酒杯，陆地上的食物、海上的食物，应有尽有。喝完酒之后，主人又带来几名歌女，她们长发飘飘，宛如神仙。她们所做的舞杯、闪球之类的游戏，词令新颖，多有巧思。席间还有一件容量为数升的金属器皿，上面有云朵装饰，还画着一个鲸鱼的口，又用细小的珍珠装饰。富家子不认识这个器皿，就向主人询问，主人笑着说："这个是接口水的容器，本来是仿照盛酒的伯雅来制作的。"富家子最终也没能听懂这些话。到了三更天的时候，主人忽然回过头来对歌女说："你们不要让欢笑停下来，我暂时要去其他地方。"于是向客人揖拜之后就离开了。主人身后跟着很多骑马的随从，就像州牧的架势一样，众人举着蜡烛走出大门。富家子于是来到墙边小便，众多歌女中有一个年龄较大的人，她见到富家子后赶紧走过来说："哎呀，你怎么到了这里？我们之前被主人掳掠到这里，沉醉于他的幻术中，再也找不到回家的路了。你想要回家的话，一定要听从我的教导。"于是给了富家子七尺白色丝绢，告诫道："你可以拿着这个东西，等主人回来的时候，你假装有事要祈祷，然后向主人揖拜，主人一定会回应你的礼节，你就用这条绢布蒙住他的头。"

到天快亮的时候，主人回来了，富家子按照歌女所交代的行事，主人跪在地上乞求活命，说道："这个死婆娘，最终还是坏了我的事，从现在起，我不能住在这里了。"于是奔逃而去。此后，富家子就和教其行事的歌女住在了一起。过了两年，富家子久客思归，歌女也不再挽留，摆下盛大的筵席为富家子送行。酒席快结束的时候，歌女自己拿着一柄铲子在东墙开了一个孔，就像当初从佛乳中进入一样，将富家子推出墙壁，原来这是在长安城的东墙之外。富家子只好一路乞食，最终回到蜀地，他的家人因为他走失了多年，还以为他是鬼。富家子将前后经历详述一遍，家人这才相信。这是贞元初年的事。

陈 昭

到地府做证人

　　元和初年，汉州的孔目官叫陈昭。有一天，他在患病之时，看到一个人穿着黄色的衣服来到床前，说道："赵判官喊你过去。"陈昭询问事情的缘由，黄衣人回答道："我从冥间而来，刘辟和窦悬对簿公堂，要你前去做证。"陈昭于是留黄衣人坐下。过了一会儿，又有一个人手里拿着一个像球一样的东西走了过来，先来的这个黄衣人责怪他为何来迟了。此人指着手中的东西，说："就是因为这个，我在等屠夫开市。"于是笑着对陈昭说："你不要害怕，取活人的气息必须要用的膀胱，你向东边侧躺下来。"陈昭按他说的做了，不知不觉间就随着二人前行。道路非常平整，走了十多里路，来到一座城池边，大小和州府之城差不多，有身穿盔甲的士兵在守门。等进了城门之后，陈昭看到一个人满面怒容非常可怕，他就是赵判官。赵判官说道："刘辟收复东川的时候，窦悬捕捉了四十七头牛送到梓州，声称得到了刘辟的允许将其屠杀，刘辟却说事先没有发放牒文，你是孔目官，应当知道事实。"

　　陈昭还没来得及回答，就听到隔壁的窦悬喊他的名字，向他问好，然后又向他询问妻子兄弟的存亡情况。陈昭立刻就想参见窦悬，阴间的官吏说："窦使君的面容非常丑陋，他不想见你。"陈昭于是陈述道："窦悬杀牛确实是奉了刘尚书的命令，并非牒文。写着命令的纸是麻纸，如今放在汉州某司的房架上。"赵判官随即命令阴间官吏带着陈昭去将麻纸取回，某司的门窗都上了锁，于是从缝隙之中将其取了出来。前后的事实都明白了，刘辟才没了话说。

赵判官又对陈昭说："你自己也有一个过错，你知道吗？窦悬所杀的牛中，你取走了一个牛头。"陈昭还没来得及回话，赵判官又说："这里和人间不同，是不可以抵赖的。"一会儿，就看到一个士兵拿着牛头走了过来，陈昭很害怕，向赵判官求救。赵判官命令按照法律处罚，法律上说应该打一百棍子，再关上五十天。于是赵判官对陈昭说："你有什么功德吗？"陈昭于是说他曾为若干人摆下斋饭，为某一尊佛绘制画像。赵判官说："这是来生的因缘罢了。"陈昭又说："我曾经借给表兄《金刚经》。"赵判官说："你可以合上双手，将佛经请下来。"陈昭依言行事，过了一会儿，就看到黄色丝绢包着一箱佛经从天而降，停在了陈昭的面前，陈昭拿过来一看，正是他表兄所借的版本，上面还有一处被烧的痕迹。赵判官又让陈昭合起手掌，佛经就消失了。赵判官说："你做了这件事，就足以免去罪罚了。"于是赵判官将陈昭放回去了，同时又让他去一个叫生禄司的地方，查看自己性命的长短。阴间的官吏报告说："'昭'原本应当作'钊'，是'金'字旁边有个'刀'的'钊'，在某一年的时候改成了现在的'昭'，他应该再活十八年。"陈昭听了以后内心很惆怅，赵判官笑着说："十八年的时间，大可做一番快乐的事情，你为什么不高兴呢？"于是让官吏把陈昭送回，走到半路的时候，看到一匹马挡住了去路，官吏说："这本来就是属于你的，可以骑上它。"陈昭骑上马之后，就活了过来。此时，他已经死了一天半了。

卷四

僧道寺观

僧一行

一行法师的成长之路

唐玄宗召见僧一行，问他："法师，你有什么才能呢？"僧一行回答说："我只擅长记忆。"唐玄宗于是让掖庭令把宫人的名册拿给僧一行看。僧一行浏览一遍之后，就把册子合上，他已经记得非常熟练了，就好像平日里背过一样。僧一行背了几篇之后，唐玄宗不觉之间就走下御榻，向僧一行揖拜，并称之为"圣人"。

此前，僧一行出家之后，在嵩山拜普寂为师。普寂曾经在寺院中摆下素斋筵席，遍会众僧及沙门，住在几百里之外的僧人也都如期而至，聚集了一千多人。当时有个叫卢鸿的人，道行高深，富有学问，他在嵩山隐居。普寂于是请卢鸿写篇文章来赞颂此次盛会。到这一天的时候，卢鸿拿着他写的文章来参加盛会，僧一行的老师普寂接受了此文，将其放在几案之上。梵音响起的时候，卢鸿向普寂请示道："我的文章写了好几千个字，更何况里面有生僻字和一些奇怪的言论，请您在众多僧人中挑选出聪明有悟性的人，我会亲自向他们传授其意。"普寂于是让人把僧一行喊过来，僧一行来了之后，微笑着将文稿展开，才看了一遍就又把它放在了几案上。卢鸿觉得僧一行有些狂放，私下里又觉得很奇怪。过了一会儿，众多僧人聚会在堂上，僧一行挽起衣袖就走了出来，大声朗诵此文，并加以评析，刚才的文字一字不漏。卢鸿惊愕了很久，对普寂说："这个人不是你能教导得了的，你应该让他到四方游学。"

僧一行于是穷究大衍，从此之后不远数千里访求名师。他曾经到达天台山的国清寺，看到一个院子，院子里栽着古老的松树，有几十步那么长，门前有流水经过。僧一行站立在门前的屏风处，听见僧人在庭院中设置算法，声音清澈爽朗。过了一会儿，僧人对他的门徒说："今天应该会有弟子前来请教我的算法，现在应该到了门口，难道没有人通知说他来了吗？"于是随即完成了一种算法，又说道："门前的流水改向西流，弟子就会到来了啊。"僧一行听了这话就走进门，跪下磕头行礼，请求学习算法。在僧一行完整地学习了僧人的学术之后，门前往常向东流的水却忽然改向西流了。

邢和璞曾经对尹愔说："僧一行大概就是圣人吧？汉代的落下闳创造了《太初历》，说八百年之后，日历会有一天的差错，到时会有圣人来修订，到现在刚好是八百年，而僧一行创制的《大衍历》修正了这个错误，那么落下闳说的话就是可信的了。"僧一行曾经拜访了道士尹崇，向他借了扬雄的《太玄经》。过了几天，僧一行又去拜访尹崇，并将书还给了他。尹崇说："这本书意旨深远，我研究了好多年尚且不能通晓，你可以尝试着去研讨，为什么急着归还呢？"僧一行说："我已经穷究了其中的意旨。"于是将自己所写的一卷《大衍玄图》和《义诀》拿给尹崇看，尹崇大加赞叹，佩服不已，说："这是后辈中的颜回啊。"

开元末年，当时的河南尹是裴宽，他深信佛教，像对待师父一样对待普寂禅师，每天早晚都要前去拜访。一天，裴宽去拜访普寂禅师的时候，普寂说："我刚好有件小事，没有空闲和你聊天，请你暂且回去休息一下。"裴宽于是屏住呼吸，在一间空房

里待着，看见普寂将正堂打扫干净，焚香端坐在那里。刚坐下不久，就听到有人敲门，连连说道："天师，一行和尚来了。"僧一行进屋后，向普寂禅师行揖拜之礼。礼毕，僧一行非常恭敬地在普寂耳边低语数声，只见普寂禅师不停点头，无不答应。僧一行说罢又向普寂禅师行礼，行完礼又在耳边低语，像这样重复了三次。普寂禅师只是说："是，是。"无不答应。僧一行说完之后，从台阶下来，走到南边的屋室中，自己将房门关了起来。普寂禅师缓缓地命令其弟子，说道："把钟敲响，一行和尚圆寂了。"左右的人赶快跑过去看，僧一行就像普寂和尚说的那样离开了人世。后来，裴宽身穿丧服，徒步走出城门为一行和尚送葬。

夔州火

隐语泄天机

　　翟天师名叫乾祐，是三峡地区的人，身高六尺，手有一尺多长，每当向人揖拜之时，手掌会垂过胸前。他在睡觉的时候，通常都不用枕头。晚年的时候，他往往谈论一些将来的事。有一次，他到了夔州，大声说道："今天晚上会有八个人到这里来，你们要好好地接待。"人们没有明白是什么意思。当天夜里，大火烧了好几百户人家。原来"八人"就是个"火"字。

　　翟天师每次入山的时候，会有一群老虎跟着。他曾经在江边与几十个弟子一起赏月，有人说："月亮上到底有什么东西呢？"翟天师笑着说："你们可以随着我指的方向看。"弟子中有两个人看到了月亮上有很多的楼台宫阙，过了一会儿就看不到了。

云安井

一条不听话的龙

　　从长江向上追溯其支流，至云安井一共三十里。在靠近云安井十五里的地方，江水澄清，有如镜面，行船非常平稳。靠近长江十五里的地方，都是些险滩恶石，船只无论向上走还是向下走，都很困难。

　　天师翟乾祐想到商人、旅客会很辛苦，于是就在汉城山上筑坛，让群龙都到这里来。共有十四处江水中的龙，都变成了老人，接到号令后就来了。翟乾祐告诉他们，说这里滩涂险恶，对人和物都有伤害，人们也会很操劳，就让群龙将这些险滩都平掉。一夕之间，风雷大作，十四处险滩都变成了平静的水面，只有一处险滩还是像往常一样，那里的龙也没有到来。

　　翟乾祐又一次下达了严肃的命令，让天上的神吏将其追来。又过了三天，有位女子过来了，翟乾祐责备她为什么不听从号令。女子说："我之所以不来，是为了帮助天师您周济万物，让您的功劳更加广大啊。那些大商人和富豪，他们的财力有多余的，而出卖力气的搬运工，财力是不足的。云安县的平民，从长江口将货物搬运到井潭的旁边，以此来获得衣食的花销，像这样的人太多了。现在如果江水平稳，可以轻舟直行、畅通无阻的话，这就断绝了搬运之人的衣食之路，很多人就会过得很困苦。我宁愿保留险滩，让工人过上丰衣足食的日子，也不愿意让水流

平稳而让富商过得安逸。"翟乾祐觉得此言有理，于是让众龙恢复了之前的险滩，片刻风雨之后，江滩又是之前的模样。天宝年间，翟乾祐奉诏赴京，受到隆厚的恩遇。一年多以后，翟乾祐回到了故乡，不久就得道升天了。

韦　生

强中更有强中手

　　建中初年，有位读书人叫韦生。他将家搬到汝州居住，在路上碰到了一位僧人，于是和僧人并驾而行，谈论得相当投机。太阳快落山的时候，僧人指着道路说："往前再走几里路，就到了我住的寺庙。郎君你难道不想来看看吗？"韦生就答应了，于是让家人先行一步，僧人也让徒步行走的随从先回去安排。二人走了十几里路之后，还没有到达，韦生就询问原因，僧人指着旁边树林中升起的烟火说："这就到了。"二人又往前走，太阳已经下山了，韦生起了疑心。他平日擅长弹弓，于是悄悄地从靴子中拿出弹弓，并将平日用的弹丸卸下，怀中装着十几枚铜制的弹丸，接着他责备僧人道："我的路程是有安排的，刚好碰到和尚您一起清谈，承蒙您相邀，但如今已经走了二十多里路，还没有走到，这是为什么？"僧人只是说："且往前走。"

　　此时，僧人已经向前走了一百多步了。韦生这才知道原来僧人是盗贼，于是就用弹弓射向僧人，正好打在僧人的后脑勺上，僧人却一点感觉都没有。一共发射了五枚弹丸之后，僧人才摸了摸后脑勺，缓缓地说："郎君，你不要恶作剧。"韦生知道自己无可奈何了，也就不再弹射了。这时，韦生看见僧人来到一处庄园，有几十个人手拿火把列队迎接。僧人将韦生请到厅堂上，说："郎君，你不要担心忧虑。"又问左右的人："贵客

的家眷是按我的吩咐安排的吗?"又说道:"郎君你暂且自己去安慰你的家人,然后再回到这里。"韦生看到自己的妻女被安排在另外一处,住的地方很是华丽,一家人相对而泣。之后,韦生来到僧人这里。僧人拉着韦生的手说:"我是个盗贼,本来是不怀好意的,但我不知道你有如此高超的技艺,如果不是我的话,肯定也招架不了你。今天的事,我本来也没有其他的想法,还希望你不要怀疑我,刚才我被郎君你射中的弹丸都在这里。"于是僧人举起手朝后脑勺摸了一下,五颗弹丸都掉在了地上。大概是因为后脑勺的肉将弹丸包住了,即便是《列子》所声称的"没有被鞭挞的痕迹",《孟子》说的"受皮肉之伤而面色不改",相比之下也不过如此。

过了一会儿,僧人摆下晚饭,有蒸熟的牛犊,牛犊的身上插着十几把刀子,周围贴着一圈面饼。僧人拜请韦生入座,说道:"我有几个义弟,想让他们来陪陪你。"话还没说完,就看到几个穿着红色衣服、系着巨大腰带的人排列在台阶下。僧人向他们喊道:"向郎君行礼!如果刚才你们遇到郎君的话,你们的身体就变成粉末了。"吃完饭以后,僧人说:"我长久以盗贼为业,现在年老了,想痛改前非。很不幸,我还有一个儿子,他的武艺比我还高,我想请郎君你替我了断了他。"于是僧人将儿子飞飞喊出来参见韦生。

飞飞有十六七岁,穿着碧绿的衣服,长长的袖子,皮肉就像脂肪一样洁白。僧人呵斥道:"你到后堂去侍奉郎君。"僧人于是给韦生一把剑和五个弹丸,说道:"请郎君你尽全力替我杀了逆子,不要让他成为老僧的拖累。"僧人将韦生引入一间堂屋,把门反锁了。堂屋的四角,只有明亮的灯烛。飞飞在堂屋中拿起一条短小的马鞭，韦生拉开弹弓，心想一定能射中，结果弹丸被鞭子打落了。不觉之间，飞飞已经跳到房梁上了，像猿猴一样飞檐走壁，韦生的弹丸用尽了也没击中飞飞。韦生于是拿着剑追赶飞飞，飞飞在离韦生一尺远的地方快速躲闪。韦生将飞飞的马鞭砍断了一节，但也不能对其造成伤害。僧人过了很久将门打开，问韦生："你替我除了害吗？"韦生将具体情况说了一遍。僧人怅然若失，回头对飞飞说："郎君已经证明了你是个真正的贼人，谁知道以后又会怎样呢？"僧人与韦生彻夜谈论剑法及射箭之类的事。天快亮的时候，僧人将韦生送上路，赠给了他一百匹绢布，流着眼泪与韦生道别。

僧智圆

老和尚闭了嘴

　　郑相在梁州的时候，龙兴寺有位僧人叫智圆。他擅长用符咒约束鬼神，在制伏邪魅、治疗痛苦方面非常有效，每天都有几十人等候在他的门前。智圆年事已高，稍微有些疲倦了，郑公对他却非常尊敬。智圆请求住在城东的空地，郑公就在那里为他盖好屋舍，种植了花木，还为他配备了一个小沙弥和一名行者，智圆便在城东住了几年。有一天空闲的时候，智圆对着太阳在剪脚指甲，有一个妇人穿着布衣走过来，容貌非常端庄艳丽。妇人走到台阶前向智圆行礼，智圆迅速整理好衣服，奇怪地问道："弟子，你为什么会到这里来？"妇人哭着说："我很不幸，丈夫死了，孩子年幼，老母亲的病也在垂危之中。我知道和尚您的符咒有神验，请求您加以拯救和保护。"智圆说："我本来就厌倦了城里的喧闹嘈杂，而且对频繁的请求和打招呼很不耐烦，既然弟子你的母亲病了，你可以将她搀扶到这里诊疗。"妇人再三哭泣请求，说自己的母亲病重了，不能扶着走路，智圆也感到哀伤，就答应动身前去帮助。妇人于是说："从这里向北走二十多里有一个村庄，村庄的旁边有个鲁家庄，您只要打听韦十娘住在哪儿就可以了。"

第二天一大早，智圆按照妇人的话走了二十多里，经多方打听后无功而返。过了一天妇人又来了，智圆责备她，说道："我昨天远行赴约，你的话怎么会错成这个样子！"妇人说："我住的地方离和尚您昨天到的地方只有二三里，您内心慈悲，一定要再去一次。"智圆生气地说："我已到暮年，现在发誓再也不出去了。"妇人于是大声地说道："出家人的慈悲何在！如今的事，您必须去。"于是妇人走上台阶拉着智圆的手臂，智圆在吃惊之中感受到了逼迫，怀疑妇人并非人类。智圆在恍惚之间用刀子刺向妇人，妇人于是倒在地上，原来是小沙弥中了刀，流血遍地，已经死了。智圆茫然失措，就和行者一同把小沙弥埋在吃饭的大瓮之下。

　　小沙弥就是本村的人，他的家离智圆所住的寺庙只有十七八里路。当天，他的家人全在田间劳作，有个人穿着黑衣服戴着头巾，走到田间求一口水喝。村里人问他从哪里来，他说住在智圆和尚的寺庙附近。小沙弥的父亲高兴地打听他儿子最近的消息，此人询问了小沙弥长什么样子之后，详细地将事情经过说了一遍，原来这黑衣人就是那鬼魅变的。小沙弥的父母全都哭着去找智圆，智圆刚开始还想骗他们。然而小沙弥的父亲拿出铁锹挖出了小沙弥的尸体，并随即向官府诉讼。

　　郑公大吃一惊，请求让抓捕盗贼的官吏细细地勘察，认为智圆一定是被冤枉的。智圆说："这是我前生欠下的债，只有一死了之了。"办案的官吏也认为应当处以死罪。智圆请求宽限七天，好让他回去诵念佛经，为自己的来生准备好资粮，郑公心中哀怜就允许了。智圆沐浴之后设下斋坛，急忙准备符印咒语来拷问鬼魅。总共过了三个晚上，有个妇人出现在神坛上，说道："我们的种类也不少，所求食的地方都被和尚您破除了。小沙弥还活着，您如果能发誓，不再持有佛念，我一定会把他还给您。"智圆答应了，并恳切地立下誓言，妇人高兴地说："小沙弥在城南某个村子几里外的古墓中。"智圆将此事告诉了官吏，官吏按照他的话去寻找，小沙弥果然在那里，但精神已经痴呆了。众人将小沙弥的棺木打开，里面是一把扫帚，智圆的冤屈这才得以昭雪。从此以后，智圆将串着佛珠的绳子断掉，再也不念一句佛语了。

僧契宗

坚持与鬼魅斗争的和尚

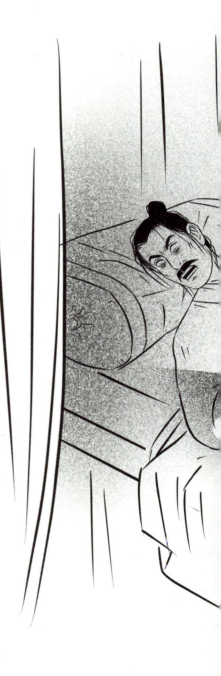

　　大和七年（833年），长安青龙寺的僧人叫契宗，他出家之前住在樊州，他的哥哥叫樊竟，因为生病了，浑身发热，以致独自狂言说笑。契宗打起精神，焚香驱鬼。他的哥哥忽然骂道："你是个僧人，回到寺庙做住持就行了，为什么要横加干预此事？我的住所在南柯，只是因为喜欢你家丰硕的禾苗，认为它们会有好的收获，我才暂时来到这里。"契宗怀疑他的哥哥生病是狐魅所致，于是用桃树枝来击打哥哥。他的哥哥只是笑着说："你打你的哥哥，这在道理上讲不通，神灵会杀了你的，你使劲打吧，不要停下来。"契宗知道无可奈何了，于是停了下来。

病人忽然起来拉住了他的母亲，他母亲就发了急病；拉住了他的妻子，他的妻子立刻昏死过去。到了晚上的时候，病人又牵他的弟媳，结果弟媳只是转了一次头就失明了。过了一天，一切又恢复如旧。病人于是对契宗说："你如果不离开的话，我会把我的家眷都喊来。"话刚说完，就看到几百条体形比正常老鼠大的老鼠，在那里叽叽地乱跑乱叫。它们碰到人之后，赶都赶不走。到了天亮之时，这些大老鼠又不知道去哪里了，契宗感到更加恐惧了。他哥哥又说："小心你的言语和态度，我可不怕你，现在我让我大兄弟亲自过来。"于是喊道："寒月，寒月，你到这里来。"喊了三遍以后，有一只毛发像火一样红、体形像狐狸一样大的动物从病人的脚底出来了，顺着衣服来到病人的肚子上，目光四射，炯炯有神。契宗拿起刀就刺了过去，刺中了这只动物的一只脚，这只动物从窗户跳出去逃跑了。契宗拿着灯烛，寻找这只动物的洞穴，众人来到一间房屋，看到这只动物偷偷地跑到一个瓮里面。契宗用大盆将这个瓮盖住，用泥巴封住周围的空隙。过了三天，掀开一看，只见这只动物像铁一样，不再动弹。契宗于是用油将其煎死了，臭味传到好几里之外，他哥哥的病也好了。过了一个多月，村子里有一户人家，父子一共六人都暴病而死，人们认为是这个怪物用了它的巫蛊之术所致。

顾玄绩

用上嘴巴太难了

相传天宝年间，衡山的道士顾玄绩曾经在怀里揣着金子到集市中游玩。像这样过了几年之后，顾玄绩忽然遇到一个人，强邀此人登上酒楼，举杯对酌，喝得大醉。二人渐渐地熟悉起来，一年之中，顾氏花了几百金。此人怀疑顾玄绩有什么目的，就问顾玄绩，顾氏笑着说："我烧的金丹已经转了八次，需要一个人来守护，如果能忍住一个晚上不说话，那么我的事就办成了。我觉察到你神气安静，也有胆气，现在想麻烦你操劳一个晚上。如果金丹炼成了，我和你就可同登太清胜境。"此人说："我就算死了，也不能报答你的恩德，何至于如此客气？"于是此人跟随顾玄绩来到衡山。衡山的峰峦险绝异常，山岩中有一口炼丹的火盆，泉水从洞中滴下来，周围是一片乱松林。顾玄绩拿出干饭，二人吃过之后，顾氏便上奏符章，告知上天。到了晚上，顾玄绩交给此人一块木板，说道："你可以通过击打它来知道更数，五更天的时候应该有人到这里来，你千万不要跟他讲话。"此人说："我会遵守约定的。"

到了五更的时候，忽然有几人骑着铁马，呵斥路人回避，此人一动不动。过了一会儿，来了一位像侯王的人，身后跟着盛大的仪仗队，这位王者问道："你为什么不回避？"命令左右的人将此人斩首。此人就做了一个梦，在梦中他出生在大商人的家里。

等他长大了以后，想起了顾玄绩所说的不言之戒。父母为他娶了妻，也有了三个儿子。忽然有一天，他的妻子哭道："你无论如何都不说话，我还要这些孩子干什么呢？"于是将他的儿子按顺序杀掉。此人不禁失声惊呼，从梦中醒了过来，而烧药的丹鼎已经破了，声音像雷电那么大，里面的丹药也飞走了。

　　玄奘的《西域记》记载道："中天竺的婆罗疟斯国鹿野的东边有一个干涸的池塘，名叫救命池，也叫烈士池。之前有位隐者在池塘边搭建了一间房子，他能够让人和畜改变形貌，能让瓦砾变成金银，但他还没能飞升到诸天之上，于是在此筑起神坛来讲佛法，他想寻求一位刚烈之士，但过了好多年都没有找到。后来他在城中遇到一个人，便与此人一同游玩。来到池塘边的时候，隐士赠给此人五百两金银，对此人说：'等钱花完了，你再来拿。'像这样往返了好多次，这位烈士屡屡请求为隐者效命。隐者说：'我只请求你一整个晚上不说话。'烈士说：'死我都不害怕，更何况是一个晚上屏息不语！'隐士于是让烈士拿着刀站在神坛的旁边，隐士手里按着剑，口中念着咒语。到天快亮的时候，烈士忽然惊呼'天上有火下来了'，隐士急忙将烈士拉到池水中。过了很久，二人才出来。隐士责备烈士违反约定，烈士说：'半夜之后，我昏昏然像是做了一个梦，梦中我看到昔日的主人亲自来安慰我、劝我，我忍住不和他说话，主人很生气，加害于我。我托生在南天竺婆罗门家，尝尽了生活的艰苦，每当回想您的恩德，也都忍住不哭。等到我娶妻生子、父母去世的时候，我也没有说过话。到了六十五岁的时候，我的妻子忽然发怒，她手里拿着剑，将我的儿子提起来，说："你要还是不说话，我就杀了你儿子。"我心里想着，自己已经隔了一生，现在又到了年老衰朽的时候，身边只有这个儿子，便赶快让妻子停下，不知不觉就出了声。'隐士说：'这是恶魔所为，是我错了。'烈士既惭愧又愤怒，于是就死了。"这大概是传说的时候出现错误，将"隐士"误为"衡山道士"。

释道钦

说起来容易做起来难

　　人们相传，释道钦住在径山的时候，有人向他询问道义，释道钦即使随便地应对，也都能达到极高妙的境界。忠州刺史刘晏曾经向释道钦乞求偈语，释道钦让他捧着炉子聆听，再三说道："众恶不要做，众善要施行。"刘晏说："这些话三尺童子都知道。"释道钦说："三尺童子虽然都知道，但百岁老人也做不到啊。"这句话至今被人们当作名言。

　　我读梁元帝《杂传》，里面是这样说的："晋代惠帝末年，洛阳城中有个和尚叫耆域，他大概是个得道之人。长安的人们和耆域在长安寺一起吃饭，耆域来到高处的讲坛坐下，说道：'守住嘴巴，收摄心意，不要违反戒律。'众僧人都说：'得道的人应当传授大家没有听过的话，现在就算是八岁的小沙弥都能将这话背下来。'耆域笑着说：'八岁确实能背下来，但一百岁也做不到啊。唉，人们都去尊敬那些得道的人，却不知道实际行动就是得道啊。'"

王忠幹

死而复生的士兵

　　大和三年（829年），贼人李同捷在沧景叛乱，皇帝命令李祐统领齐德军前去讨伐。官军刚开始包围德州城的时候，城池坚固，攻不下来。第二天，再次攻城，从早上五点攻到下午三点，最终也没能攻下来。当时的齐州衙内有个健壮的士兵叫王忠幹，他是博野人，经常念诵《金刚经》，前后已有二十多年，念诵的次数一天都没有空缺。这一天，王忠幹爬上飞梯，刚到达城墙的顶端，身上就中箭了，被射得像刺猬一样，之后又被大木头击落了。他的同伴将他拉到羊马城外，放到壕沟内侧的岸边。李祐命令夜晚的时候退军，当时城下箭落如雨，王忠幹的同伴忽然忙碌起来，忘了带走王忠幹的尸体。

　　王忠幹死了以后，梦到自己来到了一片荒野，遇到一条大河，很想渡过去但又没有办法，于是仰天大哭。忽然，他听到有人在说话，于是看到一个身高一丈多的人。王忠幹怀疑他是神

人，于是请求他指示回到军营的路。这个人说："你不要害怕，我能够让你渡过这条河。"王忠幹便向神人揖拜，当他低下头还没有抬起来的时候，神人便搂着他的腰将其抛到了空中，很久之后才落到地下。忽然王忠幹就像梦醒了一样，听到德州城上才打二更天的更数。王忠幹完全记不得自己过了一条河，也不知道自己受了伤，当他抬起手摸了一把脸之后，血液涂到了他的眉睫上，他才知道自己受伤了。于是他起身勉强走了一百多步，又倒下了，又看到神人拿着刀呵斥道："起来，起来！"王忠幹很害怕，又走了一里多的路，在坐下来歇息的时候，听到自己军队喊的口号，于是就到达了军营。当王忠幹询问同伴的时候，才知道自己之前死在壕沟里，也就是梦中所过的河。王忠幹现在还在齐德军中。

丰州兵

母子终相见

　　永泰初年，丰州的烽火台中有个士兵，他在晚上外出的时候，被党项人绑了起来卖到西边的吐蕃换马了。吐蕃的将领将他的锁骨打穿，用皮绳子穿起来，给了他几百匹马，让他放牧。过了半年，马的数量增加了一倍，吐蕃的将领赏了他几百张羊皮。因此，这个士兵逐渐地靠近了牙帐，赞普像喜欢儿子那样，很欣赏他会办事，让他在自己身边举着旗帜，有剩下的肉和奶酪就分给他吃。又过了半年，再给他肉和奶酪的时候，这个士兵不再吃了，而是悲伤地哭泣起来。赞普询问其中缘由，士兵说道："我有老母亲，经常在夜里梦见她。"赞普是一个非常仁爱的人，听说以后内心也是怅然感伤。夜晚之时，赞普将这个士兵喊到帐中，说道："吐蕃的法令是非常严格的，从来没有放还的先例。我给你两匹有力量的马，在某条道路上把你放走，你不要说是我做的。"

　　这个士兵得到马以后，用尽全力地往前跑，两匹马都累死了，士兵于是白天躲起来，晚上赶路。几天之后，他的脚被刺伤了，倒在了沙碛之中。忽然一阵风把一个东西塞塞窣窣地吹到他面前，士兵将它拿过来裹着脚。片刻之后，脚就不痛了，士兵尝试着起来行走时，已经和之前的状态一样了。过了两个晚上，才到达丰州地界。回到家的时候，士兵的母亲还活着，其母悲喜交加，说道："自从失去了你，我只念《金刚经》，即便是睡觉吃饭时也不忘记，以此来祈祷与你相见，如今果然实现了愿望。"于是士兵的母亲将《金刚经》拿过来礼拜，发现装帧经文的线断了，经文不知什么原因丢了几页。士兵于是讲了自己在沙碛之中脚受伤的事，母亲让他把包脚的东西解开，原来包裹脚上受伤部位的正是这几页经文，受伤的地方也愈合了。

卷五

草木虫鱼

史 论

仙桃不可多取

　　史论在齐州的时候，有一次外出打猎，到了一处县界，便在寺庙中休息。史论觉得寺庙中的桃子非常香，就去问庙里的僧人。僧人来不及隐藏，便说最近有人施舍了两个桃子，于是从放置佛经的桌子下将桃子拿出来献给史论，桃子跟吃饭的碗一样大。史论当时也饿了，就把两个桃子都吃了，桃核像鸡蛋一样大。史论于是就问桃子究竟是哪儿来的，僧人笑着说："刚才我确实说了谎，桃树离这儿有十几里路，道路非常危险，我也是偶然到那儿走动才发现的，我感觉这些桃子很奇异，就摘了几个。"史论说："现在我摒弃随从，与和尚您单独去。"

　　僧人不得已，引导史论往北走。他们来到一片荆棘丛中，接着走了大概五里路，来到一条溪水边，僧人说："恐怕史中丞您不能渡过这条溪水。"史论态度坚决，一定要去看看，于是就学着僧人，将衣服脱下，顶在头顶上，然后游了过去。上岸后，又向西北方向走，过了两条小溪。二人走上山，穿过几里的山涧，来到一个地方，这里的泉水和岩石都非常怪异，并非人间之境。这里有几百株桃树，枝条都垂到了地上，有二三尺那么高，香气扑鼻。史论和僧人各吃了一个桃子，就已经吃饱了。史论解开衣服，想要尽可能多地把桃子包起来带走，僧人说："这里或许是仙灵之地，仙桃不可多拿。我曾经听长老说，之前也有个人来到这里，他带走了五六个桃子，后来就在山间迷了路，走不出去了。"史论也怀疑这个僧人不是常人，于是摘了两个桃子就回去了。僧人反复告诫他，不要将此事说出去。史论到了齐州之后，派人去召僧人前来，僧人已经走了。

葡萄谷

所谓王母葡萄

贝丘的南面有个葡萄谷，山谷中的葡萄，站在葡萄藤下就可以吃到。要是有人想把葡萄种子带回去的话，他就会迷路，世间传言这是王母葡萄。

天宝年间，僧人昙霄遍游名山，来到这座山谷时，吃到了里面的葡萄。又看到枯死的葡萄藤可以制作手杖，这葡萄藤像手指一样粗，有五尺多长，昙霄就将它带回寺院中种下，最后竟栽活了。葡萄藤有数仞之高，浓荫方圆十丈宽，仰望之时就像帘幕车盖一样。每一房的葡萄果实累累，紫色的果子晶莹剔透，就好像要掉下来一样，当时人们称之为"草龙珠帐"。

张 帽

卖油的白蘑菇精

　　京城的宣平坊里，有位官员夜晚回来，走到了曲巷之中。有个卖油的人叫张帽，他正赶着驴子行走，驴子身上驮着油桶，也没有回避。在前面开路的人驱逐并殴打了卖油人。卖油人随即进入一间大宅门，官员很诧异，就跟了进去。卖油人走到一棵大槐树下面就不见了。官员告诉了宅院的主人，随即在大槐树下进行了挖掘。挖了数尺深之后，发现树根已经枯死了，下面有一只大如碟子的大蛤蟆，大蛤蟆拿着两个笔帽，树的汁液灌满其中。树根下还有一株巨大的白菌，就像宫殿门前的浮沤钉一样，白菌上的菌盖已经没了。原来，大蛤蟆就是驴，笔帽就是油桶，白菌就是那个卖油的张氏。宣平坊有人买张氏的油一个多月了，大家都很奇怪张氏的油不但质量好而且价格低。等张氏这个怪事暴露了之后，吃了他的油的人全都病了，上吐下泻。

牡　丹

改变牡丹花的颜色

　　侍郎韩愈有个远房的侄子从江淮而来，年纪很小。韩愈让他的侄子在学院中与自己的子弟为伴，结果韩愈的子弟全都被其侄子凌辱了一遍。韩愈知道后，就到街市西头借了一间僧房令其读书，过了十天，寺院的主人也向韩愈反映，说他侄儿行为狂率。韩愈便迅速令其侄子回家，并且责备道："街上那些低贱的人都有谋生的本领，有一技之长，你现在却是这样的行为，究竟想干什么呢？"韩愈的侄儿拜谢后，慢慢地说道："我有一门手艺，只恨叔叔您不知道。"于是指着台阶前的牡丹花说："叔叔，您想要这花变成青色、紫色、黄色、红色，只要您说一声就行。"韩愈感到非常奇怪，于是给了他侄儿所需要的东西，让其尝试一番。

韩愈的侄子于是竖起竹席围住牡丹花，将牡丹花遮起来不让人看，并在牡丹花丛旁边挖掘，一直挖到根部，宽度可以容纳一个人坐下。只是拿来一些紫石矿、轻粉、红色的染料，从早到晚治理牡丹花的根部。总共过了七天，韩愈的侄子把挖的坑填起来，回禀其叔父，说道："可惜足足晚了一个月。"当时还是初冬天气，牡丹花本来是紫色的，等花开的时候，花色有白、红、绿三种，每朵花上都有一联诗，字是紫色的，分明是韩愈外出做官时写下的诗，有一联是"云横秦岭家何在？雪拥蓝关马不前"这十四个字，韩愈非常吃惊诧异。他的侄儿告辞回到江淮，最终也不愿意做官。

醋心树

发病的树心是酸的

　　杜师仁经常租房子住，他所租借的房子庭院中有一棵巨大的杏树。每当邻居的老人担水走到树边的时候，就会说："这棵树可惜了啊。"杜师仁就问为什么，老人说："我擅长知晓树木的疾病，这棵树有病，我请求医治它。"于是老人诊断了杏树的一个地方，说："这棵树病在树心，它的心是酸的。"杜师仁用手挖了挖虫蠹的地方，尝了一下，有一股醋的味道。老人用小钩子把树中的蠹虫掏出来，钩了很多次，钩出了一只像蝙蝠一样的白色虫子。老人将药放到树的疮孔之中敷好，又告诫杜师仁说："如果树上结了果实，在果子还是青皮的时候一定要将其击落，击落十分之八九的果子之后，树就活了。"杜师仁听了老人的话，杏树变得更加茂盛了。

紫 狐

狐狸拜北斗

之前传说，野狐名叫紫狐。紫狐在夜晚击打尾巴的时候就会露出火光。它将要作怪的时候，一定会头戴骷髅向着北斗参拜。如果头上的骷髅没有掉下来，紫狐就会变成人的模样。

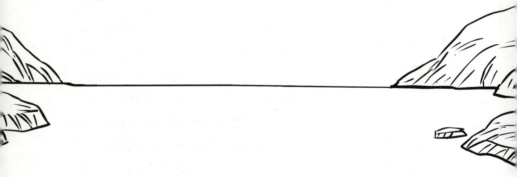

风狸杖

可以随心所欲的小棍子

　　南方有一种野兽叫作风狸，它长得像猴子一样，眉毛很长，很容易害羞，见到人以后就会低下头，它的尿液能够治疯病。术士都说风狸杖比隐身草还难得。南方人用长绳子系在野外的大树下，自己则藏匿在树洞之中偷偷地观察。三天以后，风狸认为这个地方没人来了，就到草丛中寻找摸排。忽然，风狸就找到一根草，将其折下后，长度大概有一尺。风狸看到树上有个鸟巢，用草一指，鸟巢随其所指，就掉了下来，风狸就吃到了食物。南方人等风狸倦怠的时候，突然跑过去将风狸杖夺下来。风狸看到后，就会迅速地将这根草吃掉。有时来不及吃掉，就将它丢到草丛中。如果风狸不肯屈服，就殴打它几百次，它才肯将这根风狸杖交给人。有人得到它以后，禽兽就会随着人指而死掉。无论有什么想要的，用风狸杖一指，没有不称心如意的。

松滋县

壁虎怪

大和末年，荆州南部松滋县的南边，有位士人寄居在亲人的田庄里读书。他刚到的那天晚上，二更之后，此人刚好在书桌前点起灯火，忽然看到一个身高只有半寸的小人，头戴葛巾，手拿拄杖来到门前，对士人说："你初来乍到，也没有主人陪伴，应该很寂寞吧。"小人的声音只有苍蝇叫那么大。士人平常就很有胆量和气魄，就好像没看到一样。小人登上床头责备他，说道："你难道一点都不懂主客相待之礼吗？"于是又爬到书案上翻书，不停地诟骂，又将砚台翻倒在书桌上。士人不耐烦了，用笔将其击倒在地上，小人叫了数声，走出门之后就不见了。

过了一会儿，又来了四五个妇女，有老婆婆，也有少女，都只有一寸高，向士人喊道："我家主人是因为你一个人在学习，所以让郎君前来交谈，想要和你讨论书中精深奥秘的道理，你为何如此地痴顽狂率，以致损伤我们家郎君呢？现在你要去见我家主人了。"然后小人像蚂蚁一样不断地走过来，就像大官后面跟着的仆人一样，这些小人爬到士人身上，想要将他扑倒。士人恍然之间，就像做了一个梦，梦中自己的四肢被咬得疼痛难忍。小人又说："如果你不过去的话，我就会损害你的眼睛。"然后四五个小人就爬到了士人的脸上，士人惊惧万分，就跟着小人出了

门。来到书堂的东边，远远地看到有一扇非常小的门，样式就像节度使衙门一样，士人于是叫道："是什么妖魔鬼怪，胆敢如此欺负人！"然后士人又被推得跌跌撞撞，众多小人又去咬他。

恍惚之间，士人已经到了小门的里面，看到一个人戴着高高的帽子坐在殿堂之中，台阶下有几千名侍卫，全都是一寸多高。主人呵斥道："我是可怜你一个人居住，所以让小儿前去陪伴，为什么要害他呢，你罪当腰斩。"士人于是看到几十个人，手里拿着刀，挽袖露臂向他走过来。士人非常害怕，道歉说："我很愚昧，肉眼不识主人，还希望你饶我一命。"过了很久，主人说："既然他已知道错了，就放了他吧。"又呵斥将其牵出去，士人不知不觉就来到小门之外。等这位士人回到书堂的时候，已经是五更天了，残灯仍在亮着。到天亮的时候，士人寻找小人的踪迹，看到东边墙壁的陈土堆之下有一个像板栗那么大的小洞，有壁虎出入。士人随即派了几个人挖掘，一共挖出了十余石的壁虎，大壁虎的颜色是红的，有一尺多长，大概就是其中的王者了。洞穴中的土壤像土楼一样，士人找来木柴将洞穴焚烧了，之后也没有发生奇怪之事。

苏　湛

求仙掉到蜘蛛网中

　　元和年间，苏湛到蓬鹊山游玩，带着干粮，钻木取火，所有的地方都被他游了个遍。有一天，他忽然对妻儿说："我走在山路中，看到悬崖下有个地方光亮如镜，这一定是灵异的仙境，明天我要去那里，如今来与你们诀别。"他的妻儿听后大哭，但也阻止不了他。

　　到天亮的时候，苏湛就走了，他的妻子儿女带领奴婢在后面偷偷地跟着。进山几十里后，远远地望见岩石上有白光，光亮的直径有一丈长。苏湛于是渐渐地逼近此处，刚靠近光亮，苏湛就大叫一声。他的妻儿赶快前去营救，苏湛的身体已经像蚕茧一样被包裹起来了。有一群黑色的蜘蛛像熨斗一样大，聚集在岩石之下。苏湛的奴仆用利刃去割蜘蛛网，才将其割断，发现苏湛的头颅陷下去，人已经死掉了。他的妻儿在山崖边聚积了木柴，将蜘蛛网烧了，臭味充满了整座山谷。

冯 坦

泡蛇酒有风险

冯坦这个人经常生病，医生让他泡蛇酒喝。冯坦刚开始喝了一瓮，病也好了一半。他又让家人到园子中捉蛇，将蛇扔到瓮中，封闭了七天。等到酒瓮打开的时候，蛇从里面跳了出来，将头抬起一尺多高，跑出之后，就不知去了哪里。蛇爬行过的土地，都凸起了数寸的小土堆。

郎中陆绍也说，他曾经记得有一个人用蛇泡酒，前后杀了几十条蛇。一天，这个人将头探到酒瓮边观察的时候，有个东西突然从酒瓮中跳出来，快要把他的鼻子咬掉了。仔细一看，原来是蛇的头骨。此人鼻子留下的疮痕，就像受了割掉鼻子的刑罚一样。

冷　蛇

用蛇来降温

　　申王得了肥胖病，他肚子上的赘肉垂下来，可以一直耷拉到小腿。每当他外出的时候，就要用一百条白色的丝绢将这些赘肉束缚起来。到了暑天的时候，就憋闷到喘不过气来。唐玄宗下诏，命令南方人抓来两条冷蛇赐给申王。冷蛇有好几尺长，颜色是白的，不咬人，拿在手上很冷，就像握着冰一样。申王的肚子上有几道肉沟，夏天时经常将冷蛇放到肉沟中，就不再觉得暑天烦热了。

白元通

驴子说人话

　　开成初年，京城东边集市有个人，他父亲去世了，他骑着驴子到集市上买治丧的器具。走了一百步，驴子突然说道："我姓白，名叫元通，我在你家背负重物的日子也已经足够了，你不要再骑我了。南边集市上有一家卖麸子的，他欠了我五千四百钱，我欠你的钱也是这个数，如今你可以把我卖了抵账。"此人非常惊奇，就牵着驴子走，并寻访买主卖驴。驴子非常强壮，但报价只有五千钱。到了卖麸子的那家店，还价到五千四百钱，于是此人就将驴子卖了。过了两个晚上，这头驴子就死了。

狒 狒

　　人喝了狒狒的血，可以看到鬼。狒狒的力气很大，可以背负一千斤的东西。它笑的时候，上嘴唇翻起来可以遮盖它的额头。它的模样与猕猴相似，在学人说话的时候声音跟鸟叫一样，能预知生死。它的血可以染衣服，毛发能制作假发。之前传说它走路的时候，两个脚跟朝着相反的方向。猎人说它没有膝盖，睡觉的时候常倚靠着物体。刘宋孝建年间，高城郡进贡了雌雄共两头狒狒。

叶 限

神鱼、鞋子与爱情

南方人相传，之前的秦汉时代，有个洞主叫吴氏，他娶了两个妻子，其中的一个妻子去世了，留下了一个女儿叫叶限。叶限小的时候就很聪明，很擅长制作陶器，她的父亲吴氏很疼爱她。她的父亲后来去世了，叶限就被后母所逼迫，后母经常让她到险峻的山上砍柴，让她到很深的溪流中打水。有一次，叶限得到了一条鱼，有两寸长，鱼鳍是金色的，于是叶限就将此鱼养在盆中。鱼儿一天天长大，养鱼的盆也换了好几个，最后大到盆都装不下了，叶限就将此鱼放到屋后的池子中。叶限得到剩余的食物，就把它扔到水里喂鱼。叶限每次到水池边的时候，此鱼就将头露出来枕在岸边，其他人来到水边的时候，此鱼就不再出来了。

叶限的后母知道此事之后，每次都在池边等待时机，但从来没有看到过这条鱼。她于是就骗叶限，说："你一定很辛苦吧，我把你的衣服翻新一下。"于是后母换下叶限的旧衣服，让叶限到其他的山泉中打水，来回的路程十分远。后母慢慢地穿上叶限的衣服，袖中藏着利刃来到水池边。她朝鱼儿喊了一声，鱼儿就把头露了出来，后母于是用利刃将鱼杀了，此鱼已经长到一丈多长了。后母将鱼肉做成食物，比其他的鱼好吃很多倍，吃完后将鱼骨藏在茂盛的大树下。过了一天，叶限再来到池边的时候，已经看不到鱼了。叶限跑到野外哭泣，忽然有个披头散发、穿着粗布衣服的人从天而降，他安慰叶限道："你不要哭，是你的后母杀了你的鱼，鱼的骨头在粪壤之下。你回去之后把鱼骨头取出来，藏在屋室之中，你有什么需求就向鱼骨头祈祷，会随你所愿的。"叶限听了他的话，果然金玉珠宝、吃的穿的，想要什么都可以得到。

到了过洞节的时候，后母需要前往，于是让叶限在家里看护庭院中的果树。叶限观察到后母走远之后，也一同去了。叶限穿着翠鸟羽毛织的上衣，脚上穿着金鞋。后母的女儿认出了叶限，对她的母亲说："这个人很像姐姐。"后母也有点怀疑。叶限觉察后就迅速地回去了，途中丢了一只鞋，被洞人捡到。后母回来后，看到叶限抱着果树睡着了，也没多想。叶限住的山洞与海岛相邻，岛上有个国，名叫陀汗国。此国兵力强盛，在几十个岛中称王，水域的界限有几千里。洞人将这只鞋子卖到了陀汗国，国王得到鞋子之后，命左右的人穿上试试，脚小的人在穿鞋时，鞋子会减小一寸，全国竟然没有一个人适合这只鞋。鞋子像毛发一样轻，走在石头上没有声音。陀汗国王怀疑这个洞人是通过不正当的手段获得这只鞋的，于是将卖鞋子的人关起来严刑拷打，最终也不知道鞋子是从哪来的。于是国王将鞋子扔到道路旁边，然后挨家挨户地搜捕。抓捕的人好像看到有个女子穿了这只鞋，于是就准备将其抓起来报告国王。国王也觉得很奇怪，就命人到其家中搜查，结果就找到了叶限。国王让叶限穿上鞋子，好让众人相信。叶限于是披着用翠鸟羽毛织的衣服，穿上鞋子走到国王跟前，容貌就像天仙一样。从此叶限开始服侍国王，国王将鱼骨头和叶限一起带回了陀汗国。叶限的后母及女儿都被飞石击毙了，

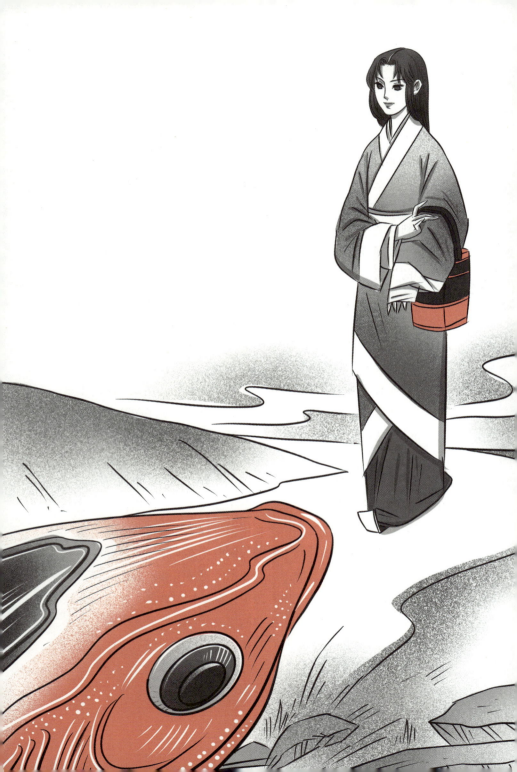

洞人为她们感到哀伤，将其埋到石坑里，命名为"懊女冢"。洞人向此冢祭拜，前来求生女儿的都很灵验。陀汗国王回国之后，将叶限封为上妃。一年之后，国王贪于求取，向鱼骨祈祷后，得到了无数的宝玉。过了一年，鱼骨不再回应了。国王将鱼骨葬在海边，在里面藏了一百斛的珍珠，以黄金作为边框。在士兵反叛的时候，国王想把之前埋藏的珠玉、黄金挖出来贴补军需，但在一个夜晚，埋藏的珠宝都被海水卷走了。

这个故事是我的家人李士元说的，他原本是邕州洞人，记得很多南方奇怪的事情。

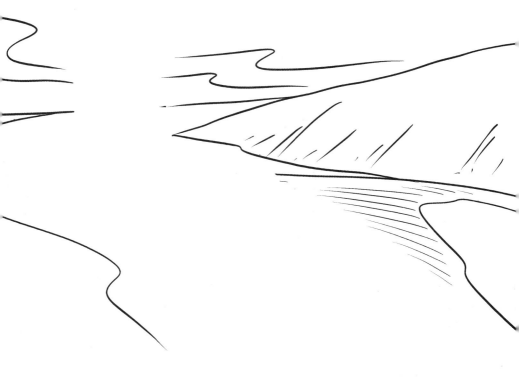

井　鱼

能将海水变淡的鱼

井鱼的头上有个孔，每当它吸水的时候，水就会从脑门的孔中排出去，如飞泉散落海中，船夫竞相用空的容器将水盛起来。海水本来是又咸又苦的，经过井鱼脑门上的小孔喷出来之后，反而变淡了，就像泉水一样。我是听西方僧人菩提胜说的。

长须国

虾王的烦恼

大足初年，有个士人到新罗国出使，被海风吹到一个地方，那里的人都长着长长的胡须，语言和唐朝相通，号称"长须国"。该国人口很多，房屋和衣冠与唐朝稍有差异，地名叫作"扶桑洲"。该国的官署的品位有正长、戢波、目役、岛逻这些称号。士人前后到了很多地方游历，长须国的人都很尊敬他。忽然有一天，来了几十辆车马，说是长须国的国王喊他前去。此人走了两天才到了一座大城池，城里有士兵在守门。使者引导此人前去拜谒长须国王，只见殿宇非常高大宽阔，有个人被仪仗队簇拥着，像国王一样。长须国王看见士人跪在地上行礼，稍微欠起身子回应，就拜此人为司风长，兼本国驸马。长须国公主非常美，她有几十根胡须。

士人做了驸马爷之后，非常有威严，权势显赫，但每次回到家看见妻子的时候就不开心。长须国王经常在月满之夜举行宴会。后来在一次宴会上，士人看到宫中的嫔妃都有胡须，于是写下一首诗："花无蕊不美，女无须就丑。丈人试让拔完，未必不如有须。"长须国王笑着说："驸马爷，你还在介意小女的脸上长着胡须吗？"过了十几年，士人有了一个儿子、两个女儿。

忽然有一天，长须国的君臣都感到很忧虑，士人很奇怪，就询问原因。国王哭着说："我们国家将有灾难，祸在旦夕，除了驸马你，谁也救不了我们。"士人惊讶地说："只要能消除灾难，

就算搭上性命，我也在所不辞。"长须国王命令准备好船只，又派两个使者跟着士人，并对士人说："烦请驸马爷去拜见海里的龙王，你就说东海第三道港汊第七座小岛上的长须国有难，向龙王求救。我们国家快要灭亡了，你必须反复向龙王陈说。"于是国王拉着士人的手，垂泣而别。

士人登上船，一瞬间就到了海岸边，岸边的沙子都是七色宝石，当地的人身材高大，都是衣冠之士。士人走上前去，请求拜见龙王。龙宫的样子就像佛寺里画的天宫图一样，光明闪耀，令人目眩，不能直视。龙王走下台阶迎接士人，两人一同走到殿堂之上。龙王询问士人的来意，士人将前后缘由细述一遍，龙王随即命令使者前去勘察。过了很久，一个人从外面回来，说道："境内并没有这个国家。"士人又反复哀求乞怜，说长须国在东海第三道港汊的第七座小岛上。龙王再一次呵斥了使者，说道："你仔细去勘察，速速回报。"过了一顿饭的工夫，使者回来了，说道："这个岛国的虾应该成为龙王您这个月的食物，前天我们已经将它们都抓住了。"龙王笑道："客人啊，你是被虾魅缠身了。我虽然是龙王，但吃的东西也都依照上天的法律，不能随便吃的。如今我因为客人你而减少一些食物吧。"龙王于是领着士人去察看一番，只见几十口像屋子那么大的铁锅里面装满了虾。里面有五六头红色的虾，像手臂那样粗，看到士人之后跳了起来，就好像求救的样子。在前面引导的人说："这个是虾王。"士人不觉之间流下了悲伤的眼泪，龙王命令将虾王所在的这一锅放生，又派了两个使者护送士人回到中土。只过了一个晚上，他们就到了登州。士人回头看向两个使者，原来他们是两条巨龙。

乌 贼

乌贼及其传说

　　之前传说，河伯的从事小吏在遇到大鱼的时候，就会释放墨汁，墨汁有数尺见方，用来隐藏它的身体。有些江东的人用乌贼的墨汁来写书契，以此来诈骗别人的财物。书契上的字有淡淡的墨痕，过了一年之后，字迹就会消失，只留下一张白纸。海边的人说，当年秦始皇东游的时候，将百官用来贮藏笔砚的袋子扔到了海里，就变成了乌贼，它的形状就像个袋子，两旁的带子很长。有一种说法，称乌贼有锚碇，遇到风浪的时候，乌贼就将前面的一根长须垂下来当作锚碇。

鲎

古人眼中的鲎

　　鲎这种生物，雌性经常背着雄性行走，渔夫每次都可以得到成对的鲎。南方的渔市上有卖的，雄性的鲎，肉很少。前人传说，鲎在渡海的时候会相互将对方背在身上，有一尺多高，就像乘风游行一样。如今鲎的后背上有个东西，像石珊瑚一样，世人将其称为鲎帆。我曾经在荆州得到一枚。直到今天，闽地的人都很喜欢吃鲎子酱。鲎有十二只脚，它的壳可以做成帽子，质量比用白角制成的帽子差一些。南方人将鲎的尾部取下，制作成小的如意。

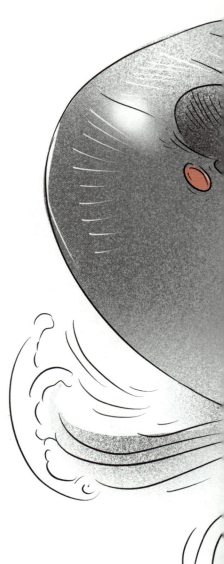

 寄　居

寄居蟹的由来

　　寄居蟹的壳与蜗牛的壳相似，一边是蟹，一边是海螺或者蛤蜊。小蟹寄居在壳中间，它经常等候着海螺打开壳时来觅食，然后在海螺将要闭上壳的时候迅速钻进去。

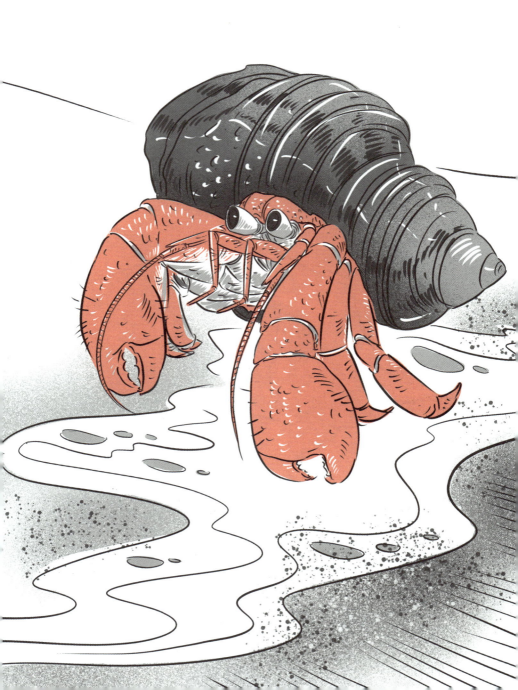

千人捏

捏不死的蟹类

千人捏的形状与螃蟹相似，大小和铜钱差不多。它的外壳非常坚固，强壮的男子用劲捏也捏不死它。世间传说，这个小动物一千个人也捏不死，所以给它取了这个名字。

蚁

小蚂蚁的智慧

　　秦地之中有很多巨大的黑蚂蚁，生性好斗，世人将其称为蚂蚁，其次还有个头小一点的红蚂蚁。细小的蚂蚁中有黑色的，反应较为迟钝，它的力气大，能够举起和它身体差不多大的铁屑。还有一些略黄的蚂蚁，它们拥有整合弱小力量的智慧。我小时候玩耍时，曾经用荆棘扎着一只苍蝇，用苍蝇挡住蚂蚁的去路，这只小蚂蚁碰到苍蝇后就原路返回洞穴了。这些洞穴有些离苍蝇有一尺，有些离得有一寸，蚂蚁刚进入洞穴不久，就从洞中陆陆续续出来了很多蚂蚁，好像有声音召唤它们前来一样。在它们的行列中，每六七只蚂蚁中就有一只个头大的蚂蚁夹在中间，它们整齐地前进，就像一支队伍一样。在它们运送苍蝇的时候，个头大的蚂蚁，有些走在队伍的两翼，有些走在队伍的后面，就好像在防备其他蚂蚁一样。元和年间，我借住在长兴里，庭院中有一个蚂蚁的巢穴，里面有不少黑蚂蚁。它们的腰部和肢节稍红一些，头很小但脚很长，行走起来非常迅速。每当它们抓到尺蠖或是小虫子，在将其搬入洞穴之后，就会用土将洞口封起来，大概是为了防止这些猎物逃跑。后来我又搬了几个地方，再也没有见到这种蚂蚁了。

郎 巾

一种测谎的虫子

我年幼的时候，曾听说过"郎巾"这个东西，有人说是狼的筋。唐武宗会昌四年（844年）的时候，官府集市中有买卖郎巾的，当时我在夜里会见客人，大家都不知道郎巾是什么物品，也有人怀疑就是狼的筋。座上的老僧人泰贤说："泾原的元帅段祐的住宅在招国坊，他曾经丢失了十几件银器。当时我还是个小沙弥，经常跟随着师父到段公的住宅，段公于是给了我一千钱，让我去西边的集市，到胡商那里购买郎巾。当我走到修竹南街的金吾铺时，偶然碰到官兵朱秀，就问他郎巾是什么，朱秀说：'这个很容易获得，只是人们不知道它罢了。'于是从古墙中摘取了两三枚给我。郎巾的样子就像大虫子一样，两头发光，身体带着黄色。段祐得到郎巾之后，随即命令奴婢在庭院中围成一个圈，然后用火来炙烤郎巾，这只虫子因为害怕而不停蠕动。其中有一名奴婢的脸部、嘴唇和眼睑都在跳动。审问之后，果然她就是那个偷了银器准备逃跑的人。"

卷六

杂录丛抄

吴　刚

学仙的时候也会犯错

传说月亮中有桂树，也有蟾蜍。所以异书中记载，月亮中的桂树高达五百丈，下面有个人经常砍这棵桂树，但树上的伤痕随之又愈合了。这个砍树的人叫吴刚，是西河人氏，他在学仙的时候犯了错，所以惩罚他砍树。

王秀才

修月亮的工人

大和年间，郑仁本的表弟，不记得他的姓名了，经常与王秀才到嵩山游玩。二人扯着藤箩，越过涧溪，到了一片极为幽静的地方，但随后他们迷了路。到了晚上，二人不知道要去哪里，正在彷徨之际，他们突然听到草丛中有人在打呼噜。二人拨开灌木丛，看到一个人穿着布褐衣衫，面容非常白皙，枕着一个布囊，

正在那里美美地睡着。二人随即喊醒此人，并问道："我们偶然间走到这条路上，迷了路，您知道去往官道大路的方向吗？"

　　这个人只是抬起头略微地看了一下，也没回应，就又睡了。二人又喊了他好几次，此人才坐起来，转头对二人说："到这来。"二人就走上前去，并且问此人从哪里来的，这个人笑着说："你们知道月亮是由七种宝物合成的吗？月亮的形状就像一个弹丸，月亮上的阴影是因为太阳照射在它凸出的部分形成的。经常有八万两千人在修理月亮，我就是其中的一个。"此人于是将行囊打开，里面有斧头、凿子之类的东西，还有两团玉屑饭。此人将玉屑饭送给二人，说："你俩分而食之，即使不能够长生，也能一生没有疾病。"然后便站起身来，指给他们一条旁支的小路，说："只要顺着这条路走，自然就与官路会合了。"说完，此人就不见了。

薛元赏

文身带来的麻烦

　　长安街市上的恶少，他们大多数会剃掉头发，在皮肤上文着各种各样的图案。他们依仗着军营的势力，挥动着拳头强行打劫，甚至有人拿着蛇在酒店里聚会，拿着羊胛骨打人。如今的京兆尹薛元赏，上任三天，就命令街坊的官长暗中抓捕了三十多个人，全部用棍子打死了，将他们的尸体陈列在集市上。街市上文身的人，全都将文身消掉了。当时大宁坊有个叫张幹的大力士，在左胳膊上文着"生不怕京兆尹"，在右胳膊上纹着"死不畏阎罗王"。还有一个叫王力的奴仆，他花了五千钱将刺青的工人找来，让工人在他的胸部和肚子上文上山亭院落、池塘台榭、草木鸟兽等，应有尽有，细致到色彩都一一具备。薛公将他们全部杖杀了。

葛　清

　　荆州街市上的居民葛清，他很勇敢，对皮肤上的疼痛根本不在意，他的颈部以下全都刺着中书舍人白居易的诗。我曾经与荆州的客人陈至一同将葛清喊来观看，让他将衣服解开，他后背上

文的诗歌也能默诵出来。葛清反手一一指着刺青的
地方，到"不是此花偏爱菊"时，后背上刺着一个
人在菊花丛中拿着酒杯。又有"黄夹缬林寒有叶"
一句，葛清指着一棵树，树上挂着绣满花纹的丝带，
上面的纹路特别细致。葛清的全身一共有三十多处
文身，简直是体无完肤，陈至将葛清称为"白舍人
行诗图"。

尹偓

残暴将军的恶报

　　蜀地的将军尹偓，他的军营中有个士兵，在晚上点名的时候这个士兵迟到了几刻钟，尹偓准备责罚他。士兵喝醉了，高声地为自己辩解，尹偓很愤怒，打了他几十棍子，快要把他打死了。士兵的弟弟在军营中担任文职，生性友爱，对尹偓做的事感到愤愤不平，于是用刀子在肌肤上刻下了"杀尹"二字，又用墨水将其覆盖。尹偓暗地里知道了这件事，就以其他的事为借口，将这个担任文职的弟弟杖杀了。

　　到了大和年间，南方的蛮夷入侵，尹偓率领数万人保护邛崃关。尹偓手脚上的力气惊人，经常和左右的人开玩笑，让他们用枣木做的棍子打他的小腿，小腿上的筋随着棍子的击打而肿胀起来，根本就没有被鞭挞的痕迹。尹偓仗着自己力气大，带领全部的士兵出关而战，追着蛮兵跑了好几里远。蛮兵从埋伏圈里冲出来，前后夹攻，尹偓大败，所骑的马也摔倒了。尹偓刚出关的时候，忽然看到被自己杀害的那个担任文职的弟弟抱着一捆像车轮一样大的黄色的文书在前面引路，心中非常厌恶，他询问左右的人，可是没有一个人能看见的，尹偓最终就死在了战场上。

靥钿

脸部妆点的起源

近代的妆容很流行在脸部搽点一些颜色，就好比有射月、月黄、星靥这些名号。靥钿这一名称的起源，大概是因为吴国孙和的邓夫人。孙和非常宠爱他的夫人，有一次孙和喝醉了，在舞动如意的时候误伤了邓夫人的脸颊，鲜血流了出来，邓夫人娇婉的样子更加显得凄楚可怜。孙和命令太医调制好治愈伤痕的药物，太医说："如果能得到白獭的骨髓，夹杂着玉屑和琥珀，就可以消除伤痕了。"孙和花了一百金购买到白獭，于是合成了药膏。但药膏中琥珀放得太多了，等伤口愈合的时候还是留下了一个小疤痕。邓夫人左边的脸颊留下了一个像痣一样的红点点，看上去倒更加地妩媚动人了。其他的姬妾想得到恩宠时，都用丹砂搽点在自己的面颊上，之后才会得到宠幸。

难陀

会幻术的西方僧人

魏公张延赏丞相在蜀地的时候，遇到一位叫难陀的西方僧人，此僧人懂得三昧变幻，能够进入水火、金石之中，变化无穷。此僧人刚入蜀的时候，和三个年轻的尼姑一同行走，一路上大醉狂歌，守将准备阻止他们。等到僧人到了跟前的时候，僧人对守将说："我只是托身在僧人中间，我另有神秘药方。"又指着三个尼姑说："她们的歌舞管弦都很精妙。"守将反而对此僧人非常敬重，于是将僧人留下来，为其备办酒肉宴席，夜晚与僧人一同会见客人，一起豪饮。僧人借来妇女穿的衣服，又去买了粉黛这些化妆品，让三个尼姑呈现她们的技艺。

等众人坐下的时候，三个尼姑眉目含情，与座客调笑，优美的身姿绝世无双。饮酒快要结束的时候，僧人对尼姑说："你们可以为官人跳一支舞曲。"于是尼姑走到官员对面，飞起的衣袖就像雪花一样，迅速扭动的腰肢起伏跌宕，技艺堪称绝伦。过了很久，曲子结束了，而尼姑还在不停地跳舞。僧人呵斥道："你们这些女人是疯了吗？"忽然僧人拿起了守将的佩刀，众人都以为僧人是酒后癫狂，各自惊散而去。僧人拔出刀向尼姑砍去，尼

姑们全都倒在地上，血流了好几丈那么远。守将非常害怕，喊左右的人将僧人绑起来，僧人笑着说："不要这样草率行事嘛。"于是慢慢地将尼姑举起来，原来是三根竹杖，流的血都是酒水而已。

还有一次在酒会上，僧人让别人把他的头砍下来，把他的耳朵钉在柱子上，但都没有血。僧人的身体还在座位上，酒来的时候，就从脖子上的伤口灌下去。喝了酒之后，僧人的脸变红了，在那里唱歌，手还在打着节拍。酒会结束后，僧人自己提着脑袋安在身上，一点砍过的痕迹都没有。这个僧人时时预言他人的凶吉祸福，说的都是谜语，事情过后大家才反应过来。成都有个老百姓供养此僧人，过了几天之后，僧人不想住了，老百姓将门关起来，想借此留住他。僧人于是走到墙壁的角落里，老百姓赶紧去拉他，僧人却渐渐地走到墙壁中去了，只留下袈裟的衣角露在外面，过了一会儿，衣角也不见了。到了第二天，墙壁上留下了僧人的画像，样子和此僧人相似。每一天画色都会慢慢变得淡薄，过了七天，墙上就只有黑色的痕迹了。到第八天的时候，痕迹也没了，僧人已经到彭州了。后来这位僧人就不知行踪了。

李邈

盗墓时遇到种种机关

　　刘晏的判官叫李邈，他的庄园在高陵。庄客拖欠了很多的租赋，前后已经有五六年了。李邈在罢官之后回到庄园，正准备去勘察情况，结果看到仓库中堆着很多的物资，入库的钱粮还没有运输完。李邈感到很奇怪，于是询问原因。庄客回答说："我们做端公的庄客已经两三年了，很久以前就做了盗墓贼。最近我们挖掘了一座古墓，古墓在庄园西边十里的地方，非常高大，走入松树林二百步之后才到达古墓。古墓的旁边有块断碑倒在草丛之中，上面的字已经磨灭了，无法识读。刚开始，我们在古墓旁边挖掘了几十丈那么深，遇到一座石门，门被铁的溶液封死了，我们连续几天朝门中灌粪水，才将门打开。石门被打开之时，飞箭如雨向外射来，有几个人被射杀了。众人都想逃出来，我认真思索了一下，认为不会是其他情况，只是机关罢了，于是命人往里面扔石头。每扔一块石头，箭就会往外射一次，扔了十几块石头之后，箭就不再往外射了，于是我们拿着火把又往里面走。到打开第二重门的时候，有几十个木头人瞪着眼睛，手里挥着剑，又伤了好几个人。众人用木棒击打这些木头人，把它们的兵器全都打掉在地上。墓室四周的墙壁上全都画着士兵的像，南边的墙壁下有一口巨大的裹有油漆的棺木，棺木用铁索悬了起来，棺木下堆积着金玉珠宝。众人因为害怕，没有立即去掠夺这些珠宝。棺

木的两角忽然飒飒起了风，有沙子喷了出来，直扑人的脸面。一会儿风越来越大，沙子像大雨一样喷出来，没过了膝盖，众人都害怕地逃走了。等跑出去的时候，大门已经关上了。跑在最后面的那个人被沙子埋住，死掉了。我们这些人一起将酒浇在地上祈祷，发誓再也不盗墓了。"

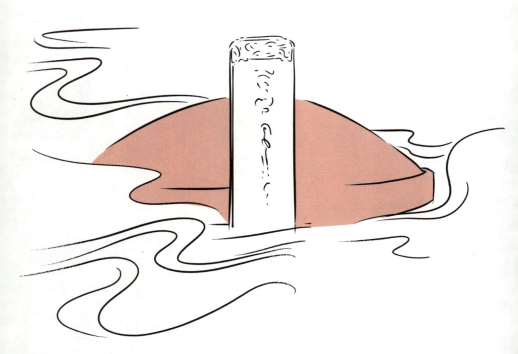

蜀先主墓

盗墓时的奇怪事

最近有盗墓贼挖掘了蜀国先主的坟墓，几个盗墓贼都看到了有两个人在灯下对弈，旁边有十几个侍卫。盗墓贼很害怕并表达了歉意，对弈中的一人回头说："你们喝酒吗？"于是给每个盗墓贼一杯酒，而且给了每人一条玉腰带，然后让这些盗墓贼赶快出去。等盗墓贼到了外面的时候，互相一看，嘴都变黑了，玉腰带都变成了大蛇，而先主之坟已经恢复到以前的样子了。

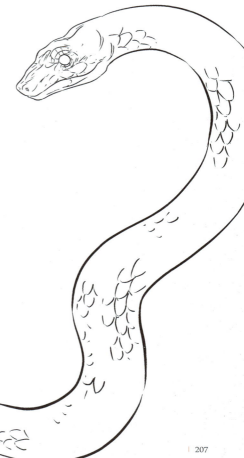

妒妇津

可以检验女子是否美貌的渡口

相传晋代泰始年间，刘伯玉的妻子段氏，字光明，她生性忌妒。刘伯玉经常在段氏面前朗诵《洛神赋》，并对他妻子说道："如果能娶到这样的妻子，我就没有什么遗憾了。"他的妻子说道："你为什么觉得洛神很好而轻视我？我死了以后，何愁不成为水神呢？"当天晚上段氏就投水而死了。死后七天，段氏托梦给刘伯玉，说："你本来就希望得到洛神，现在我就变成了水神。"刘伯玉醒来之后想起这些话，于是终身不再渡水。

如果有女子要从这个渡口过去，都要穿着破旧的衣服，化着丑陋的妆容，然后才敢渡水，不然的话，就会突然刮起大风大浪。如果是丑女，即使化着精致的妆容，水神也不会发怒。妇女在渡水的时候如果没有碰到风浪，就会觉得是自己长得丑，才没有让水神发怒。丑女们非常忌讳这一点，所以在渡水之时全都把自己弄得脏乱一些，以此堵住别人的嘲笑。所以齐人流传这样的话："如果想找到好媳妇，就让她站在渡口。妇人站在渡口旁，美貌丑陋自显彰。"

旁㐌

兄弟分家的故事

　　新罗国第一等的贵族叫金哥。他的远祖名叫旁㐌，旁㐌有一个弟弟，家里非常有钱。旁㐌因为兄弟分家，十分贫困，新罗国有人给了旁㐌一亩的空地，于是旁㐌就向弟弟乞求一些蚕种和谷种，弟弟将种子蒸熟以后给了他，他却不知道。就这样，到蚕出生的时候，只生出了一只，却非同凡响，十天之内，体形大如牛，每顿要吃掉好几棵桑树的叶子都还吃不饱。他的弟弟知道后，找准时机将蚕杀死了。过了一天，四面八方百里之内的蚕都飞到了他的家里。新罗国的人认为旁㐌养的那只巨蚕是蚕王，四周的邻居都来缫丝，还是赶不上出茧的速度。谷只有一棵苗，它的穗有一尺多长，旁㐌经常在旁边守着。忽然有一天穗子被鸟折断衔走了，旁㐌在后面追着，一直走到山里，走了五六里路，鸟飞到一条石缝里去了。

　　太阳下山后，小径也变得模糊不清，旁㐌于是坐在石头边休息。到了半夜的时候，月光明亮皎洁，旁㐌看到一群小孩子穿着红色的衣服在那里游戏。一个小孩子说："你要什么东西？"另一个小孩说："我要酒。"这个小孩便拿出金锥子击打石头，酒和酒樽就都具备了。一个小孩又说："我要吃的。"这个小孩又用金锥子击打了石头，将饼、汤和烤肉罗列在石头上。过了很久，小孩子们吃完饭就散去了，将金锥子插在了石头缝里。旁㐌非常高

兴，将金锥子拿回了家，有什么想要的，只要击打石头就可以办到了。于是他变得富可敌国，经常用珠玉宝石来补贴他的弟弟。

弟弟因为在蚕谷的事上欺骗了旁乇而感到后悔，他又对旁乇说："你也试着给我煮熟了的蚕谷种子，我或许也能像哥哥那样得到金锥子。"旁乇知道弟弟愚蠢，跟他怎么也说不明白，只好按照弟弟的话做。弟弟养蚕的时候，只得到了一只普通的蚕，谷种下之后也长出了一棵苗，到快要成熟的时候也被鸟衔走了。弟弟非常高兴，跟着鸟到了山里。走到看不见鸟的地方，遇到了一群鬼，鬼生气地说："这个就是偷了我金锥子的人。"于是将弟弟抓了起来，对他说："你是想替我建筑三尺厚的池塘呢，还是想让你的鼻子有一丈长呢？"弟弟请求为鬼建筑三尺厚的池塘。过了三天，弟弟又饿又困，没有完成工作，于是向鬼苦苦哀求，鬼还是拔了拔他的鼻子，弟弟于是拖着像大象那样的长鼻子回去了。国人感到奇怪，都来聚集观看，弟弟最终羞愧而死。后来，旁乇的子孙们在游戏时，用金锥子请求狼粪，结果天上雷霆阵阵，金锥子就不知道去了哪里。

僧智通

梧桐树成了精

临淄的西北有座寺庙，寺里的僧人智通经常在诵念《法华经》的时候进入禅定的状态。智通每当打坐的时候，一定要选择荒寒的、清净的环境，几乎是人们不能到达的地方。像这样过了几年，忽然有一天夜里，有人围绕着寺院喊"智通"，一直到早上，这声音才停歇。这种情况一直持续了三夜，声音也逐渐从窗户传入屋里，智通不耐烦了，回应道："你喊我有什么事？可以进来说话。"只见一个怪物有六尺多高，穿着黑色的衣服，长着一副铁青的面孔，眼睛睁得大大的，有一个巨大的嘴巴。怪物见到智通之后，刚开始也将双手合起行礼，智通端详了很久，对怪物说："你冷不冷？可以靠着火烤一烤。"怪物也坐了下来，智通还是念他的佛经。

到了五更的时候，怪物被火烤得很舒服，像是醉了一样，于是闭上眼睛，张开了嘴巴，靠着火炉打起了鼾。智通看到之后，就用盛香的勺子盛了一勺子炉灰放到怪物的口中，怪物大喊着跳了起来，跑到门槛的时候好像摔了一跤。寺院的背后就是山，智通第二天早上去察看怪物摔倒的地方，只得到一块树皮，于是智通又登山去寻找。走了几里路之后，见到一棵巨大的青色的梧桐树，树梢已经秃了，下面凹处的树根好像新缺了一块。智通将手中的树皮附在上面，严丝合缝，没有一点空隙。树干中间被砍柴的人砍成了脚蹬，有六寸多那么深，这大概就是怪物的嘴了，里面填满了炉灰，还闪着荧荧的火星。智通将此树烧掉了，之后再也没有妖怪了。

柳　成

　　贞元末年，开州有个军将叫冉从长，他轻财好义，开州的很多儒生、道士都依附于他。有一位画家叫宁采，他画了一幅《竹林会》，非常工致美观。座客中有两个秀才，叫郭萱、柳成，他们两个经常意气用事，文人相轻。柳成忽然斜着眼看了看画作，对冉氏说："这幅画的体势很巧妙，但意趣不足。我现在为您展示一下我的技艺，我不用五种色彩，就能够让画作精妙绝伦，怎么样？"冉氏惊讶地说道："我从来不知道秀才您有如此的技艺，但不用五种色彩，又怎有这样的道理呢？"柳成笑着说："我会到画里面去做成此事。"郭萱拍着手笑道："你是想欺骗三尺童子吗？"柳成于是邀请郭萱来下一次赌注，郭萱请求掷下五千钱的赌注，冉氏也答应做保人。

　　柳成于是跳到图画中就不见了，座客都大吃一惊。图画是挂在墙壁上的，众人摸索了很久也没有收获。过了很久，柳成忽然说："郭萱，你这下相信了吗？"这个声音就好像从画中传出来的一样。过了一顿饭的工夫，众人看到柳成从画上落了下来，指着阮籍的画像说："我的功夫只能到这里了。"众人一看，觉得只有阮籍的画像有点独特，他的口型好像是在啸歌一样。宁采看了画之后，也认为那不像是自己画的。冉氏认为柳成是一位得道者，与郭萱一同表达了歉意。过了几天，柳成去了其他地方。宋存寿处士在冉氏家做客的时候，目睹了此事。

郝惟谅

为游魂迁葬

　　荆州有个老百姓叫郝惟谅，他的性情粗率，在私斗方面很勇敢。唐武宗会昌二年（842年）的时候，在寒食节这一天，郝氏与他的朋友在郊外游玩，大家在踢球，比谁的力气大，后来就在田间喝醉了。到了半夜的时候众人才醒过来，大家准备回去的时候，往道路的左边走错了一里多路，来到了一户人家，屋室非常低矮，即便是点了灯，也觉得非常昏暗。众人于是前去找水喝，他们看到了一个妇人，她的面容非常惨淡憔悴，身上的服装也都破败不堪，正向着灯火在缝纫。此妇人将郝氏请进屋内，把水递给郝氏。过了很久，又对郝氏说："我知道你很有胆气，所以才敢把我的想法告诉你。我本来是秦地人，姓张，嫁给了州府衙门里的士卒李自欢。李自欢自从大和年间外出戍守边疆，就再也没有回来。我不幸染病而死，我也没有其他的亲戚，邻居们将我殡在此处，已经过了十二年了，我也没有办法为自己迁葬。只要死者没有入土，他们的魂魄就不会被记载于阴间的生死簿上，魂魄就会离散恍惚，如梦如醉。你如果能感念于我的幽魂，这也是阴间的德行，如果能让我的骸骨入土为安，我的精神魂魄就会有所依托，我的愿望也就实现了。"

　　郝氏说："我的产业非常微薄，没有力量做成此事，这怎么办呢？"妇人说："我虽然做了鬼，但也没有荒废女工。自从安居在这里，我就经常制作雨衣，为胡氏做佣工也已经有好几年了，一共积聚了十三万钱，用这些钱安葬我自己肯定还有剩余。"郝氏许诺了此事，就回去了。第二天一大早，郝氏就去拜访了胡氏，郝氏见情况与妇人说的都能吻合，于是将事情详细告诉了胡氏。随即二人一同来到殡葬妇人的地方，将泥土拨开一看，钱就堆在棺材外面，数目与妇人说的相合。胡氏与郝氏既感哀怜，又感诧异，又和大家一起凑了二十万钱，为妇人举行了盛大的葬礼，将其葬在鹿顶原。当天晚上，妇人便给郝氏和胡氏托了梦，表达了感谢。

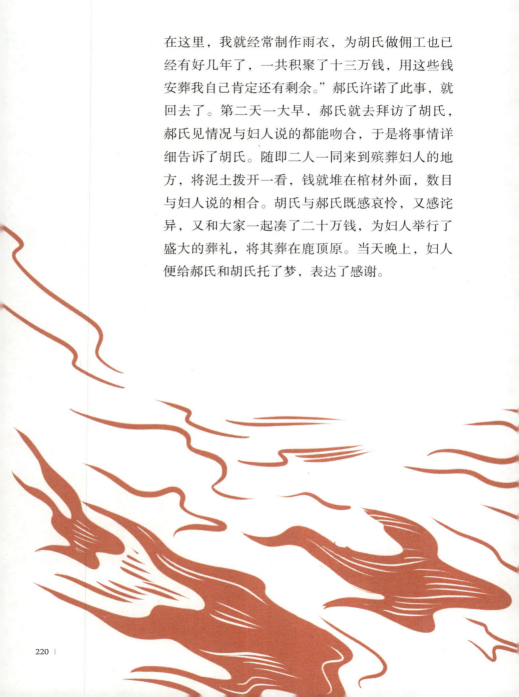

王 申

没有白捡的儿媳妇

　　贞元年间，望苑驿的西边住着一个名叫王申的百姓，他亲手在道路边种了一片榆树林，盖了几间茅屋。在夏天的时候，王申经常给路上的行人送水喝，如果是当官的路过，王申就为他们提供休息的场所，并奉上茶水。王申有个儿子，已经十三岁了，王申经常让他服侍路过的客人。有一天，王申的儿子向他禀报说："道路边有个女子想喝水。"于是王申将该女子喊到屋里。女子年纪很轻，穿着碧色的衣服，头戴一条白幅巾，自陈道："我的家住在南边十几里的地方，我的丈夫死了，我也没有儿子，如今我服丧的期限已满，将要到马嵬驿去探访亲戚，希望从您这里获得一些衣食。"女子的语言表达非常清晰，举止动作也很可爱。王申便将该女子留下来吃饭，并对她说："今日天色已晚，夜晚你可以住在这里，到天亮时你再走。"此女子也欣然答应了。

王申的妻子将此女子请入后堂，并称呼她为妹妹，请她帮忙做几件衣服。此女子从午时到戌时就全部办好了。针线细密，简直不像是人间的手工。王申非常惊叹诧异，王申的妻子对此女子也是亲爱有加，于是开玩笑地说："妹妹，你既然没有至亲的人，能不能给我家做个新媳妇啊？"女子笑着说："既然生活没有了寄托，我愿意为你家打水做饭。"王申当天就置办了聘礼并摆下酒席，将此女子纳为儿媳。当天晚上，正是暑天，天气炎热。女子对王申的儿子说："最近有很多盗贼，不要开门睡觉。"于是两人用一根大木头将门抵死，然后才就寝。

　　到了半夜的时候，王申的妻子梦见她儿子披着头发向其哭诉："我快要被吃光了。"于是从梦中惊醒，想去看看她儿子。王申生气地说："老婆子，你是因为得到了一个好儿媳，在说梦话吗？"王申的妻子就回来睡觉了，又一次梦到了刚才的场景。于是王申与妻子拿着蜡烛，去喊他的儿子和儿媳，全都没有回应。二人去开门时，发现门被关得死死的，于是将门破坏掉之后才将其打开。这时有一个怪物向人冲过来，夺门而逃，它的身体好像是蓝色的，瞪着圆圆的眼睛，长着像凿子一样的牙齿。王申夫妇的儿子只剩下头盖骨和一些头发了。

赤疮

地府先知到人间

长庆初年，洛阳的利俗坊中，有老百姓正在推着几辆车子走出长夏门。此时有一个人背着布袋子，他请求将袋子放到车中，而且告诫这些百姓不要随意将其打开，于是此人就开始朝着利俗坊返回。此人刚走到利俗坊的时候，就听到有人在哭。存放布袋子的那辆车的主人将袋子打开了，袋子的口用生麻绳缠绕着，里面有一个东西，像是牛的膀胱，还有一条几尺长的黑绳子。车主吃了一惊，赶快将袋子扎好。过了一会儿，这个人就回来了，又说道："我的脚很痛，想在你的车子中休息几里路，可以吗？"这个老百姓知道此人是异人，就答应了。

此人登上车，看了看他的布袋子之后，很不高兴，回头说道："你为什么不讲信用呢？"这个老百姓于是道了歉。此人又说："我不是人类，阴间地府派我来抓捕五百个人，这五百个人遍布陕州、虢州、晋州、绛州一带。我走到这里时，很多人都得了一种虫病，只抓捕了二十五个人罢了。如今我还要去徐州和泗州。"又说道："你知道我说的虫病是什么意思吗？得了赤疮就是虫病。"车子走了二里路之后，此人便告辞了，说道："我的任务有期限，不可久留。你是有寿的人，不用担心了。"说完他忽然背着布袋子下了车，就不知道去了哪里。那一年的夏天，全国有很多患赤疮的，但死的人很少。

陆 畅

豪门的生活难以想象

　　我父亲的门吏叫陆畅，他是江东人，说起话来多有差错，那些行为轻薄的人就添油加醋地编排他，以此取乐。在我还是个小孩子的时候，经常听人说陆畅娶了董溪的女儿，每天早晨，一群婢女捧着洗脸盆，用银制的食盒装着洗沐用的豆粉，陆畅没有见识过，就会将豆粉放到水里一起吃下去。他的朋友问他："你做了豪门的女婿，一定是有很多快乐的事情吧？"陆畅说："豪门的礼法也有让人非常苦恼的时候，每天婢女都要给我吃辣面粉，真是难以忍受。"

　　最近我又看《世说新语》，里面记载道："王敦刚刚娶了公主的时候，有一次到厕所去，看到油漆的箱子里面装着干枣，本来这些干枣是用来塞鼻子的，王敦还以为是厕所里摆放的果品，就将其吃完了。出来之后，婢女端着金漆的盘子，里面盛着洗手的水，又用琉璃碗盛着澡豆。王敦将澡豆倒在水里，便将其喝了下去，众多婢女无不掩口而笑。"

浑 子

逆子最终还是没听话

昆明池中有一座坟墓，俗称"浑子"。相传当初的居民中，有一个名叫浑子的，他经常违背父亲的命令，让他往东他偏往西，让他点火他偏浇水。父亲生病快要去世的时候，想要安葬在高处的山陵，便故意说："我死了以后，一定要将我安葬在水里。"等父亲去世的时候，逆子哭着说："我今天不能再违背父亲的命令了。"于是他将父亲安葬在昆明池中。

据盛弘之《荆州记》所载："固城靠着沔水，沔水的北岸有五女墩。西汉时期，有人被安葬在沔水边，坟墓将要被大水毁坏的时候，死者的五个女儿一同建了这个墩台，以此防止水的浸入。"又有人说："有一个女子嫁给了阴县的一个心狠的逆子，逆子家里财产万贯。从小到大，逆子都没有听过父亲的话。父亲在临死的时候想要安葬在山上，害怕他儿子不听他的，于是说：'一定要将我安葬在低洼的沙渚上。'逆子说：'我从来没有遵从过父亲的教诲，今天我应该听父亲一句话。'于是逆子散尽家财，用石头建了一座坟墓，又用泥土环绕在四周，于是就形成了一个沙洲。元康年间，这座坟墓才被大水损坏。如今剩余的石头有一半已经坍塌了，有几百块石头还聚积在水中。"